Feelings on the Roof
Lia Belle Jones

AF219708

Feelings on the *Roof*

Lia Belle Jones
Romance

Bibliografische Information der Deutschen Nationalbibliothek:
Die Deutsche Nationalbibliothek verzeichnet diese Publikation in der Deutschen Nationalbibliografie; detaillierte bibliografische Daten sind im Internet über http://dnb.dnb.de abrufbar.

Covergestaltung: Alexander Kopainski

Herstellung und Verlag: BoD – Books on Demand, Norderstedt
ISBN: 978-3-7543-4233-6

Für alle, die den eigenen Mut gefunden haben
und für die, die ihn noch suchen.
Danke Julia, dein Feedback hat mir den nötigen Mut wiedergegeben.

Prolog

15 Jahre zuvor

Annie

Meine Augen wanderten staunend über den Sternenhimmel. Es sah so schön aus. Mama ließ mich nie nach draußen, wenn es schon dunkel war. Aber zu Hause konnten wir uns auch nicht wie hier mit einer Decke in den Garten legen. Einen Garten bräuchten wir nicht, hatte Mama gesagt.

Oh. War das vielleicht gar nicht gut, was ich hier mit Granny tat? Im Dunkeln hier draußen liegen und die Sterne beobachten? Mom würde das nie machen. Ein kühler Lufthauch ließ mich erzittern.

»Können wir jetzt rein gehen, Granny?«, hoffentlich sagte sie ja. Mom würde sicher sauer werden, wenn ich ihr davon erzählte.

»Ach Annie, es ist wundervoll hier draußen.« Trotz der Dunkelheit konnte ich sehen, dass Granny mich anlächelte. »Riech mal.«

»Riecht es nachts anders als tagsüber?« Das hatte ich noch nie gehört. Aber was, wenn es stimmte? Was, wenn Granny mich auslachen würde?

»Atme tief ein und sag es mir.«

»Ist das ein Test?« Ängstlich strich ich mir über den verkrampften Bauch. Es war so schwierig, immer alles richtig zu machen.

»Nein, meine Kleine. Es ist ein Experiment.«

Das klang spannend. Sicher war das etwas Witziges.

»Wie geht das? Ich muss Luft holen?«

»So ist es, mein liebes Kind. Du kannst die Augen schließen, wenn du möchtest.«

Gespannt tat ich, was sie mir gesagt hatte. Und es passierte nichts. Bestimmt hatte ich irgendetwas falsch gemacht.

»Beschreib mir, was du riechst.« Grannys Stimme klang sanft, also fasste ich neuen Mut.

»Ähm … Ich weiß nicht.«

»Dann versuche es noch mal.«

Das tat ich, aber es half nichts. Sicher würde Granny sauer werden, so wie Mom immer sauer wurde. Immer enttäuschte ich sie.

Ich wollte nicht, dass Granny enttäuscht war. Ich mochte es, hier bei ihr den Sommer zu verbringen. Würde sie mich zurück zu meiner Mom schicken? Meine Unterlippe bebte. Tränen rannen mir über die Wange. Meine Granny strich mir ganz zart über das Gesicht und fing meine Tränen auf.

»Annie, du bist ein wundervolles und kluges Kind. Vergiss das niemals.«

Auch wenn ich wusste, dass das nicht stimmte, nickte ich.

»Die einfachsten Dinge sind manchmal die schwierigsten. Wir versuchen es zusammen. Bist du bereit?«

Wieder nickte ich und zog die Nase hoch.

8

»Riecht es eher süß oder herb?«, fragte sie.

»Meinst du süß wie Zuckerwatte?«

Granny lachte, aber es war ein liebes Lachen.

»Das ist ein guter Vergleich. Riecht es nach Zuckerwatte oder nach Kräuterbutter?«

Vorhin hatte es ähnlich wie Kräuterbutter gerochen und nach Blumen. Aber nun mischte sich ein neuer Geruch hinzu, der meinem Magen gefiel.

»Eigentlich riecht es nach Steak.«

»Stimmt, jetzt rieche ich es auch. Das kommt von meinem neuen Nachbarn. Er heißt Piet.«

»Oh, wie lange wohnt er schon da?«, fragte ich.

»Noch nicht lange, er kommt jedoch nur im Urlaub hierher. Ganz ähnlich wie du.«

»Ist er nett?«

»Ja, das ist er, aber morgen reist er wieder ab. Und dann schaue ich ab und zu nach dem Haus.« »Heiratet ihr mal?« Das wäre bestimmt gut. Dann wäre Granny nicht allein, wenn ich wieder zu Mom ging.

»Nein, Annie, das steht nicht auf meinem Plan.«

»Was für ein Plan?«

»Na, der Plan für das Leben. Er muss nicht sehr genau sein, aber wenn man nicht weiß, was man machen möchte, wie soll es dann klappen?«

Nachdenklich biss ich auf meine Unterlippe.

»Ich möchte morgen zum See fahren.«

»Das ist ein hervorragender Plan.«

1

Annie

Wie von selbst führten meine Finger den Stift über das Papier. Ich liebte das leise kratzende Geräusch, das dabei entstand.

Mein Gehirn schien auf Autopilot gestellt zu sein. Kein Gedanke war, wichtig genug, um sich in den Vordergrund zu drängen. Wer nicht genau hinsah, könnte den Eindruck haben, ich würde eifrig mitschreiben, was der Dozent vorne an seinem Pult die ganze Zeit erklärte. Doch nichts lag der Wahrheit ferner.

Stattdessen zeichnete ich gedankenverloren vor mich hin. So viele Jahre hatte ich darauf hingearbeitet, an diesem College angenommen zu werden. Yale. Mein Plan sah vor, dass ich hier das Fundament für meinen Traumberuf legen würde. Selbst als ich noch ein kleines Mädchen mit geflochtenen Zöpfen war, wollte ich schon Architektin werden. Genauso wie meine Mom. Aber es war nicht immer leicht. Oft bedeutete es Verzicht. Während andere in meinem Alter Freunde trafen und feiern gingen, hatte ich gelernt. Aber ich biss mich durch. Und so ich es geschafft, ich war hier. Inzwischen bereits im zweiten Semester.

Alles am College war zu Beginn fremd und neu. Lange war ich mir sicher, dass sich alles erst einspielen musste.

Womöglich kam ich nur schwer damit klar, dass der ewige Traum nun real geworden war. Aber, wenn ich ehrlich war, war da nichts. Keine Euphorie, keine Freude, nicht einmal Zufriedenheit verspürte ich.

Fast hatte ich den Eindruck, dass ich nicht richtig funktionierte. Dass ich kaputt war, wie diese mechanischen Uhren, wenn ein Zahnrad verrutschte. Irgendetwas war nicht so, wie es sein sollte.

Gestern hatte ich den unaussprechlichen Gedanken das erste Mal. Fast zwei Semester lang hatte es gedauert, aber nun war er da und ließ mich nicht mehr los.

Ich hatte mich geirrt. Es war der falsche Beruf, der falsche Traum. All die Jahre hatte ich einem Hirngespinst geopfert.

War so etwas überhaupt möglich?

Wann hatte der Traum angefangen? Was hatte mich dazu veranlasst, diesem Ziel so konsequent zu folgen?

Erst als Unruhe in meine Kommilitonen kam, wurde mir bewusst, dass die Vorlesung zu Ende war. Kein Wort hatte ich davon mitbekommen. Der Knoten in meinem Bauch verdeutlichte mir, dass ich mich selbst enttäuschte. Schnell packte ich meine Sachen ein und verließ den Vorlesungssaal.

Ewig konnte ich so nicht weiter machen. Ich musste mich den Tatsachen stellen und überlegen, was ich tun sollte.

Entweder ignorierte ich mein Gefühl und blieb hier, dann aber richtig, mit voller Konzentration, oder ich zog die Konsequenzen. Allein der Gedanke daran verschlimmerte meine Bauchschmerzen. Ich verließ das steinerne Gebäude und lief an einer der vielen Grünflächen hier am Campus vorbei. Einige Mutige saßen bereits darauf. In wenigen Wochen wird hier kaum mehr ein Plätzchen zu finden sein, da sich unzählige Studierende darauf tummeln werden, um die Sonne zu genießen.

Der Gedanke versetzte mir einen Stich. Wenn ich an all diese Grüppchen dachte, die sich hier gefunden hatten, fühlte ich mich noch mehr fehl am Platz. All diese Menschen, die hier vom Schicksal zusammengewürfelt worden waren und einander gefunden hatten, Freunde und Vertraute wurden. Übrig geblieben war ich. Mir war klar, dass ich zu zurückhaltend war.

Zu Beginn des Studiums hatte ich mich mit Tessa angefreundet. Nach dem ersten Semester hatte sie jedoch das College gewechselt, um näher bei ihrem Freund zu sein. In bereits bestehende Gruppen rein zu finden, fiel mir schwer. Es war rein gar nichts Interessantes an mir, selbst meine Mutter sah das so. *Lerne, damit du wenigstens einen guten Job hast und darüber reden kannst.* Dass ich mich genau wie sie für Architektur entschieden hatte, war meine einzige Entscheidung, die ihr zu gefallen schien. Sie hatte zwar Bedenken, ob ich den hohen Anforderungen des Studiums gewachsen war, aber das würde erst die Zeit zeigen. Bisher hatte ich mich gut geschlagen. Wenn ich weiter so wenig bei der Sache war wie heute, dann verbaute ich mir noch alles.

Sofern ich das Studium durchzog, flüsterte eine kleine Stimme in meinem Kopf und führte mir mein Dilemma wieder vor Augen. Unmöglich konnte ich es einfach aufgeben, ich hatte so viel investiert. Was sollte ich nur tun? Ich war erst im zweiten Semester, es lag also noch ein weiter Weg vor mir. Und danach musste ich einen Job finden und dort mein Bestes geben, um zu den Architekten zu gehören, die angesehen waren und komfortabel davon leben konnten. Alles andere würde meine Mutter enttäuschen. Sie gehörte zu den Besten ihres Faches. In wenigen Tagen würde sie nach Japan reisen, um dort an einem Projekt zu arbeiten.

Mir fiel das gemeinsame Abendessen ein, das vor ihrer Abreise anstand. Unmöglich konnte ich ihr von meiner neuen Erkenntnis und meinen Überlegungen erzählen. Allein ihr Blick würde mich auf die Größe eines Staubkorns schrumpfen lassen.

Wenn ich diese Entscheidung traf … Ich war mir nicht sicher, ob unsere Beziehung das aushalten würde, ob sie je wieder mit mir reden würde.

Dazu kam, dass ich keinen Plan B hatte. Nicht einmal den Hauch einer Ahnung hatte ich, mit welchem Beruf ich mein Leben verbringen wollte. Oder auch nur die nächsten Jahre.

Zurück im Wohnheim warf ich mich auf mein Bett und vergrub den Kopf unter meinem Kissen. Was konnte ich tun, um mich mit der Situation zu arrangieren? Wie konnte es mir gelingen, dass Architektur wieder zu meinem Lebensplan passte?

Die Tür meines Zimmers wurde aufgerissen und meine Mitbewohnerin Judy kam herein. Sie war so selten hier, dass ich vor Schreck fast vom Bett gefallen wäre. Mein Herz raste. Wir schienen keinerlei Gemeinsamkeiten zu haben. Bisher hatten wir nur wenig miteinander zu tun, da sie die meiste Zeit bei ihrem Freund Charlie in der WG verbrachte. Auch jetzt lehnte er lässig im Türrahmen. Judy lächelte mich an und kam zu meinem Bett.

»Hey, kann ich deine Mitschriften von heute früh bekommen, ich habe es nicht in den Kurs geschafft.« Mit einer Selbstverständlichkeit ging sie zu meinem Schreibtisch weiter.

»Nein, das geht nicht«, beeilte ich mich, zu sagen. Unmöglich konnte ich zugeben, dass ich gar nicht mitgeschrieben hatte.

»Stell dich nicht so an. Ah, das hier sind sie.« Sie griff nach meinem Block und stutzte. Noch bevor ich ihr Lachen hörte, sah ich den Spott auf ihrem Gesicht, als sie meine Kritzeleien sah.

»Was soll das denn sein?« Die Belustigung war ihr deutlich anzuhören und ich wäre am liebsten im Boden versunken. Die Bilder, die ich in dem Kurs gemacht hatte, waren nur für mich. Keiner hätte sie je sehen sollen.

Mir wurde heiß und kalt zugleich, ich fühlte mich bloßgestellt, gedemütigt. Meine Zeichnungen waren nicht gut, das mussten sie auch nicht sein. Das waren nur Kritzeleien, die mir halfen, einen klaren Kopf zu bekommen.

Sauer auf Judy, die meine Privatsphäre wieder einmal verletzt hatte, stand ich auf, schnappte meine Tasche. Sie gab meinen Block lachend an ihren Freund weiter, der immer noch im Türrahmen lehnte.

»Hey, die sind echt gut Maddy.«

»Annie, ich heiße Annie.« Mit diesen Worten riss ich ihm meinen Zeichenblock aus der Hand und quetschte mich an ihm vorbei in den Flur. Ich hastete nach draußen, wollte nur weg von diesen Leuten. Tränen der Wut brannten in meinen Augen. Reiß dich zusammen, schalt ich mich. Ich brauchte einen Moment, um mich zu sammeln.

Bevor ich mich wieder im Griff hatte, ertönte das Klingen meines Handys und ich war versucht, es einfach klingeln zu lassen. Ein Blick auf das Display ließ mich jedoch resigniert seufzen. Meine Mom. Wollte sie mich an unser Abendessen erinnern? Oder musste sie früher abreisen und wollte es absagen? Die Erleichterung, die ich bei dem Gedanken daran empfand, verursachte mir sofort ein schlechtes Gewissen.

Ich liebte meine Mom. Es war nur nicht immer einfach, ihren Ansprüchen zu genügen. Gerade jetzt, da ich mit der Berufswahl haderte, würde ein Treffen sicher nicht gerade entspannt ablaufen. Kurz bevor die Mailbox anging, nahm ich das Gespräch schnell an.

»Was dauert denn da so lange? Ich habe nicht den ganzen Tag Zeit«, begrüßte sie mich. Normalerweise war sie tagsüber so sehr in ihre Arbeit vertieft, dass sie gar nicht anrief. Also musste es dringend sein.

»Sorry, Mom. Was gibt es?«

»Es tut mir leid, es dir sagen zu müssen, aber deine Granny ist gestorben.«

Oh. Es dauerte einen Moment, bis dieser Gedanke in meinem Gehirn verarbeitet wurde. Meine Granny war tot?

»Warum?«

»Was ist das bitte für eine Frage?«

»Entschuldige. Woran ist sie gestorben?«

Ich versuchte, mich an sie zu erinnern. So alt konnte sie noch nicht gewesen sein, oder? Als Kind verbrachte ich jedes Jahr in den Sommerferien immer ein paar Wochen bei ihr. Aber als ich 12 oder 13 Jahre alt war, hatte es einen riesigen Streit zwischen ihr und meiner Mutter gegeben. Danach hatte ich sie nicht wieder gesehen oder auch nur von ihr gehört. Trotzdem empfand ich ihren Tod als Verlust. Ohne lange darüber nachzudenken, setzte ich mich auf den Flurboden.

»Es war scheinbar eine unentdeckte Blutvergiftung.«

»Oh … Das ist traurig«, stammelte ich unbeholfen.

15

»Stell dich nicht so an, du kanntest sie ja kaum. Jedenfalls werde ich in Kürze nach Japan aufbrechen, wie du weißt. Da ist nichts dran zu ändern. Also wirst du nach Weeping Willow Creek fahren und dich um die Haushaltsauflösung und alles kümmern.«

Wie bitte? Ich sollte, was? Überforderung flutete mich mit nervöser Energie. Ich hatte keine Ahnung von solchen Dingen.

»Mit Erbschaftsrecht kenne ich mich nicht aus. Ich weiß auch gar nicht, was du behalten willst und was nicht«, gab ich zu bedenken.

»Nun stell dich nicht so an. Du wirst doch ein Haus leerräumen und für den Verkauf vorbereiten können, Annie. Behalten will ich gar nichts von dem alten Plunder. Wirf alles weg.«

»Gibt es nicht Unternehmen, die sich um so etwas kümmern?«, hakte ich vorsichtig nach. Ich wollte nicht unsensibel sein, aber ich fühlte mich dieser Aufgabe nicht gewachsen.

»Annie, also bitte. Das sind alles unehrliche Leute dort in diesem Ort. Du kannst keinem einzigen davon trauen. Vergiss das nicht.« Ihre Worte trugen nicht gerade dazu bei, mich zu beruhigen.

»Was ist mit der Beerdigung? Wann soll die stattfinden? Erst wenn du zurück bist?«

»Darüber brauchst du dir keine Gedanken zu machen. Sie wollte eingeäschert werden und hat explizit angegeben, dass sie keine Trauerfeier möchte.«

Ich runzelte sie Stirn. Das kam mir nicht richtig vor. Möglicherweise aber nur, weil ich sie kaum kannte.

»Mit deinen Professoren hat meine Sekretärin bereits alles besprochen. Du bist für ein paar Tage entschuldigt, das sollte reichen. Du bekommst Mitschriften der Vorlesungen per E-Mail.«

Mein Widerstand schrumpfte in sich zusammen, auch wenn ich es hasste, wenn sie über meinen Kopf hinweg entschied, als wäre ich ein Baby.

»Gut, schickst du mir die genaue Adresse?«

»Alle Daten, die du brauchst, bekommst du in Kürze von meiner Assistentin. Den Schlüssel kannst du bei einem Nachbarn abholen. Fahr bitte heute noch los. Dann kannst du das ganze Wochenende nutzen und bist umso schneller wieder zurück. Am besten schon am Montag.«

2

Annie

Stundenlang war ich mit meinem Auto schon unterwegs. Nun konnte es nicht mehr allzu lange dauern, bis ich mein Ziel erreichte. Das stundenlange Sitzen machte mich inzwischen fast wahnsinnig. Ein Flug wäre aber kaum schneller als diese ewige Fahrt gewesen, da Weeping Willow Creek so abgelegen lag. Eine richtige Kleinstadt in North Carolina. Außerdem hatte ich Flugangst, das zählte für meine Mutter jedoch nicht.

Nach dem Telefonat mit ihr ging ich zurück auf mein Zimmer. Zum Glück war Judy wieder verschwunden, sodass ich in Ruhe ein paar Dinge einpacken konnte.

Die ganze Fahrt über hatte ich mir meinen Kopf über die unterschiedlichsten Dinge zerbrochen. Ich hatte versucht mir das Haus in Erinnerung zu rufen. Es hatte vorne und hinten eine Veranda. Mehr wollte mir nicht mehr einfallen. Was für ein Mensch meine Granny wohl gewesen ist? Meine Mutter hatte sich geweigert, über Granny zu sprechen. Schließlich hatte ich es irgendwann aufgegeben, Fragen zu stellen. Wie lange würde es wohl dauern, bis ich alles erledigt hatte? Und würde ich mich dort zurechtfinden?

Irgendwann beschloss ich, es auf mich zukommen zu lassen. Ändern konnte ich sowieso nichts daran. Immerhin hatte ich dadurch etwas Abstand vom College, was vermutlich sogar ganz gut war. Womöglich half es mir, alles mit anderen Augen zu sehen und ich kehrte bald mit Begeisterung dorthin zurück.

Mein Navi informierte mich, dass ich vom Highway abfahren musste, dann ging es aus. Ich fuhr rechts ran und drückte auf sämtlichen Knöpfen herum, nichts geschah.

Müde und gereizt schlug ich noch mal darauf, aber das half natürlich nichts. Ich atmete tief durch und fuhr weiter ins Ungewisse. Weit konnte es nicht mehr sein.

Weeping Willow Creek war ein kleines verschlafenes Nest. Aber soweit ich mich erinnern konnte, waren die Ferien dort immer schön gewesen. Es gab sogar einen See, in dem wir an heißen Tagen badeten. Meine Granny hatte mit mir lange Spaziergänge in der Natur unternommen. Das war nicht so langweilig, wie es sich vielleicht anhörte. Sie hatte sich immer Geschichten ausgedacht, die alles zu einem Abenteuer machten. Die Suche nach einer verzauberten Wasserstelle. Eine magische Nuss, die einen von allen Ängsten befreien konnte. Jetzt, wo die Erinnerung langsam zurückkam, war es mir unbegreiflich, wie ich das hatte vergessen können.

Erschrocken trat ich auf die Bremse. Mein Herz schlug mir bis zum Hals. Vor mir auf der Straße hockte ein Mann. Verdammt, das war knapp. Zitternd atmete ich tief ein. Was tat er denn hier? Einfach so, im Nirgendwo. Hier gab es nichts als diese einsame Straße, Wiesen und ein paar Bäume und Büsche auf der linken Seite. Als mein Auto quietschend zum Stehen gekommen war, drehte sich der Kerl um und

19

stand auf. Er sah mich mit einem unergründlichen Blick an. Adrenalin rauschte durch meine Adern. Wut verlieh mir eine ungewohnte Selbstsicherheit. Alle Selbstbeherrschung verpuffte. Energisch riss ich meine Wagentür auf und ging auf den Mann zu. Er wirkte nicht wie ein Obdachloser, der sich hier rumtrieb. Er musste ungefähr in meinem Alter sein und sah normal aus. Was auch immer das bedeuten sollte, murmelte eine innere Stimme nicht ohne Sarkasmus.

»Warum sitzt du hier auf der Straße herum? Fast hätte ich dich überfahren.«

»Guten Tag erstmal.« Er musterte mich. »Warum ist es meine Schuld, wenn du nicht schaust, wo du hinfährst?«

Er hatte nicht ganz unrecht. Aufgewühlt ignorierte ich das und blieb stur.

»Es ist unhöflich Fragen mit Gegenfragen zu beantworten.«

»Ist das so?«, fragte er und grinste mich provokant an. Warum musste der so nervig sein? Ich atmete nochmal tief durch und schlug einen ruhigeren Ton an.

»Machst du jetzt bitte die Straße frei, damit ich weiterfahren kann?«

»Bist du sicher, dass du hier richtig bist?«

»Ja, ich muss nach Weeping Willow Creek.« Der Kerl schwieg, obwohl ich ihm die Neugier ansehen konnte, also erklärte ich widerwillig, »Meine Großmutter ist verstorben und ich kümmere mich um die Haushaltsauflösung und den Hausverkauf.«

Ein Schatten huschte über sein Gesicht. Er wand sich halb von mir ab.

»Erst muss ich mich um die Enten kümmern.«

»Enten?«

»Enten«, bestätigte er und wies auf eine Ente, die mit ein paar Küken auf der Straße saß. »Das sind keine Fabelwesen. Die gibt es tatsächlich, Großstadtmädchen.«

Auch wenn mich seine herablassende Art nervte, sah ich mir die Tiere auf der Fahrbahn an. Eine Mutter mit vier kleinen Entenküken. Mein Herz rutschte mir fast in die Hose. Meine Wut war wie weggeblasen.

»Oh nein, was wenn ich sie überfahren hätte?« Betroffen starrte ich die süßen Kleinen mit großen Augen an.

»Sie hat ein Herz, wer hätte es gedacht?« Der Kerl verspottete mich. Bevor ich mich darüber beschweren konnte, sprach er schon weiter. »Allerdings wohl nur für Tiere, dass du mich fast überfahren hättest, ist dir egal?«

Mein schlechtes Gewissen meldete sich, ich war ganz schön unhöflich gewesen. Das entsprach so gar nicht meiner Art. Fast hätte ich geantwortet, dass ich ihn schließlich nicht kannte, aber das spielte natürlich keine Rolle. Auch wenn er mich auf die Palme brachte, war ich froh, dass ich ihm kein Leid zugefügt hatte.

»Warum gehen sie denn nicht weiter?«

»Als ich sie zum Teich bringen wollte, habe ich gesehen, dass sich die Mutter offenbar den Flügel verletzt hat.«

»Welcher Teich?« Ich drehte mich hin und her, konnte jedoch keinen entdecken.

»Manchmal gibt es mehr zu sehen, als man auf den ersten Blick denkt. Wenn man sich die Zeit nimmt, genau hinzuschauen, hält das Leben manchmal eine Überraschung oder wie in diesem Fall einen Teich bereit.« Mit diesen Worten lief er zum Straßenrand und schob die Zweige eines Baumes zur Seite, wodurch ich das Glitzern von Sonnenlicht auf Wasser erkennen konnte. Hinter den Bäumen lag tatsächlich ein winziger versteckter Teich. Der Kerl hatte recht.

Hitze stahl sich in meine Wangen. Ich benahm mich tatsächlich nicht unbedingt nett. Er konnte nichts dafür, dass ich in dieser Situation steckte und keine Ahnung hatte, was auf mich zu kam. Auch die Enten konnten nichts dafür. Diese niedlichen kleinen Dinger.

»Es tut mir leid, ich habe eine lange Fahrt hinter mir. Kann ich irgendwie helfen? Muss die Ente zu einem Tierarzt?«

Überrascht sah er mich einen Moment lang an, musterte mich. Seine dunklen Augen ruhten auf mir. Die plötzliche Intensität seines Blickes war verwirrend. Mein Puls beschleunigte sich. Trotzdem brach ich den Blickkontakt nicht ab.

Das Quaken der Ente beendete das, was auch immer das zwischen uns gewesen war.

»Ja, das wäre nett«, antwortete er mit rauer Stimme etwas verzögert auf mein Angebot.

Damit er die Entenfamilie vorsichtig einpacken konnte, reichte ich ihm einen Pullover aus meiner Reisetasche. Wie sich herausstellte, war Weeping Willow Creek der nächste Ort und von hier aus gar nicht zu verfehlen.

»Ich bin übrigens Annie«, stellte ich mich verspätet vor.

»Cooper. Interessant, dich kennenzulernen, Annie.«

So merkwürdig diese Antwort auch war, so passend erschien sie mir.

Kurz darauf erreichten wir das Ortsschild, auf dem eine prachtvolle und geradezu majestätische Trauerweide zu sehen war.

»Wo möchtest du aussteigen?«, fragte ich mit einem Seitenblick auf die Enten.

»Wo musst du denn hin?«, kam die Gegenfrage. Machte er das mit Absicht?

»Keine Ahnung, mein Navi scheint nicht mehr zu funktionieren. Ich muss wohl in der E-Mail meiner Mutter nachlesen.«

»Du weißt nicht, wo deine Granny gewohnt hat?«

»Ich war lange nicht mehr hier«, gab ich zerknirscht zu.

Er nickte unbestimmt und hing seinen Gedanken nach. Also fuhr ich weiter gerade aus. Er würde es mir sicher sagen, wenn ich abbiegen sollte.

»Hier vorne kannst du anhalten.«

»Ist dort die Praxis?« Ich konnte keinen Hinweis darauf erkennen.

»Dort kann man sich um diese kleine Familie kümmern.«

»Ich kann warten und dich dann nach Hause bringen, wenn du möchtest.« Keine Ahnung, weshalb ich das überhaupt anbot. Vermutlich, weil ich mir mit ihm nicht ganz so verloren vorkam. Cooper schaute mich wieder mit diesem seltsamen Blick an.

»Nicht nötig«, sagte er beim Aussteigen. Seine Stimme klang kühl und abweisend.

»Okay, ich wollte nur nett sein.«

»Überanstreng dich dabei nicht Großstadtmädchen.«

Brodelnde Hitze stieg wieder in mir hoch. Oh, dieser arrogante Ars… Ich hätte ihn vorhin doch überfahren sollen.

Nachdem ich mich beruhigt hatte, fuhr ich weiter die Straße entlang. Trotzdem ärgerte ich mich noch. Cooper.

Tztz. Hoffentlich würde ich den während meines Aufenthaltes hier nicht so schnell wiedersehen.

Ein Gebäude weiter vorne lenkte meine Aufmerksamkeit auf sich. Es kam mir bekannt vor. Aufgeregt verringerte ich auf Schrittgeschwindigkeit und beugte mich vor, um das Haus besser zu sehen. War das die Eisdiele, in der ich immer mit Granny war? Erdbeere war die beste Sorte gewesen. Am liebsten hätte ich immer nur die gegessen, aber meine Granny hatte mich nach und nach dazu gebracht, alle Sorten zu probieren.

Bei der Erinnerung spürte ich einen Stich in der Brust. Meine Granny war gestorben und nur wegen eines blöden Streits hatten wir uns jahrelang nicht gesehen. Mir war nicht einmal klar, worum es in dem Streit ging. Vermutlich spielte das längst keine Rolle mehr. Mom hatte nie ein gutes Wort für Granny übrig. Manchmal hatte sie Dinge wie, »Sei froh, dass ich nicht so bin wie meine Mutter« gesagt. Oder »Ich kümmere mich wenigstens um dich«. Nachfragen blockte sie jedoch konsequent ab. Mom hatte mir so den Eindruck vermittelt, meine Granny wäre ein Mensch, den man besser nicht kennen sollte. Und dass meine positiven Erinnerungen nur einer kindlichen Naivität geschuldet waren.

Einem Impuls folgend bog ich nach der Eisdiele ab und suchte weitere Anhaltspunkte aus meiner Erinnerung.

Da. Die Hollywoodschaukel auf der Veranda des gelben Hauses dort quietschte immer, wenn jemand darauf saß. Zumindest war das früher so. Inzwischen ist sie vermutlich schon mehrfach geölt worden.

Hier musste ich nach rechts abbiegen und tatsächlich, am Ende dieser Straße stand das Haus von Granny. Ich erkannte es sofort, auch wenn es älter geworden war. Nervosität machte sich in mir breit. So lange bin ich nicht mehr hier gewesen, trotzdem erfüllte mich sein Anblick mit Freude und Trauer zugleich. Mühsam schluckte ich die Beklemmung herunter und parkte meinen Wagen davor.

Das Haus hatte eine gute Struktur und sah solide aus, auch wenn die helle Holzfassade dringend gestrichen werden sollte. Zum Teil war es von Pflanzen überwuchert, was einen Anstrich sicher erschwerte.

Die Veranda weckte weitere Erinnerungen, hinter dem Haus gab es noch eine größere. Man gelangte durch die Küche dorthin und dann weiter in den Garten.

Die in mir tobenden Gefühle hatte ich nicht erwartet. Nach der langen Fahrt war ich erschöpft und doch kribblig vor Nervosität, aber da war noch mehr, viel mehr. Erinnerungsfetzen brachen über mich herein. Lachen, Unsicherheit, Geborgenheit, Angst, all das, was ich je hier gefühlt hatte, drohte mich zu verschlingen. Schnell nahm ich meine Reisetasche und ging direkt auf das Haus zu. Die Stufen der Veranda knarrten. Es war seltsam vertraut und doch fremd.

Unter der Fußmatte fand ich wie erhofft einen Schlüssel. Erleichtert atmete ich auf. So konnte ich erst mal ankommen, bevor ich mich mit fremden Leuten wie dem Nachbarn auseinandersetzen musste.

Ich war zu aufgewühlt, um meine Schüchternheit zu verstecken und einen »normalen« Eindruck zu hinterlassen. Als Kind war es noch okay gewesen sich hinter der Mutter zu verstecken, manchmal vermisste ich das. Meine Zurückhaltung hatte mir lange Zeit immer Probleme bereitet, daher hatte ich an mir gearbeitet, um sie zu verstecken. Es gelang mir nicht immer, besonders wenn ich mit mehreren unbekannten Menschen zu tun hatte. Andere verstanden das oft nicht und dachten, ich sei unhöflich, arrogant oder schlichtweg dumm.

Im Haus roch es überraschenderweise nicht muffig. Langsam sah ich mich im Wohnzimmer um. Es war vollgestellt mit allerlei Zeug. Unordentlich war es nicht, aber schon etwas überladen. Es gab kaum eine freie Fläche, die nicht genutzt worden war.

Puh, da lag eine Menge Arbeit vor mir. Das hier war nur das Wohnzimmer. Wie es wohl in den anderen Räumen aussah?

Ich setzte mich vorsichtig auf eine Couch, die keine Erinnerungen in mir weckte und atmete geräuschvoll aus.

»Sieh nur, was du getan hast«, die krächzende Stimme ließ mich hochschrecken. War ich im falschen Haus? Wohnte hier noch jemand? Hektisch sah ich mich um und überlegte, ob ich schreiend davonrennen sollte. Als mein Blick an dem Papagei hängen blieb, beruhigte sich meine Atmung langsam wieder.

Oh Mann, heute sorgten wohl sämtliche gefiederten Tiere für einen Schrecken. Vorsichtig näherte ich mich dem Käfig, der halb mit einem Tuch abgedeckt war.

»Na du? Fühlst du dich allein?«

Der Vogel legte seinen Kopf schief und sah mich an. Als ich das Tuch herunternehmen wollte, krächzte er, »Schlafenszeit.«

Offenbar wollte er seine Ruhe. Also ließ ich das Tuch, wo es war, zuckte mit den Achseln und wandte mich ab. Ich musste mir einen Plan zurechtlegen.

Um mich nach dem Schrecken zu beruhigen, ging ich in die Küche im hinteren Teil des Hauses und machte mir einen Tee. Mein Lieblingstee schaffte es immer, mich zu entspannen. Nach der langen Fahrt war das dringend nötig. Während ich darauf wartete, dass das Wasser kochte, schrieb ich meiner Mutter eine Nachricht, um ihr mitzuteilen, dass ich gut angekommen war.

Um das Gefühl zu haben, die Lage in den Griff zu bekommen, holte ich einen Block hervor. Meist hatte ich zwei Blöcke in meiner Handtasche. Einen für Notizen und Listen jeder Art und einen Zeichenblock.

Erste Schritte, schrieb ich auf ein neues Blatt.

Zuerst musste ich mir einen Überblick verschaffen und kurz einen Blick in alle Räume werfen. Gab es hier einen Keller? Ich konnte mich nicht erinnern.

Dann sollte ich schauen, was entsorgt werden musste und auf welchem Weg das möglich war. Allerlei Nippes, Kleidung, Teppiche, Möbel … Ich schluckte. Wie sollte ich innerhalb weniger Tage die Erinnerungen an ein ganzes Leben sortieren? Meine Granny war tot. Sie ist wirklich einfach gestorben. Noch konnte ich es nicht ganz fassen.

Meine Mutter hatte gesagt, dass sie nichts behalten wollte, aber war der Verlust nicht zu frisch, um das zu entscheiden? Was weg war, war schließlich für immer verloren.

Fast konnte ich hören, wie meine Mutter mich sentimental nannte. Sie war immer dafür gewesen, sich auf die Zukunft und nicht auf die Vergangenheit zu fokussieren.

Ich schrieb weiter:

Papiere/Unterlagen

Textilien (Kleidung, Bettwäsche, Vorhänge, Teppiche usw.)

Geschirr/Vasen/Nippes

Was gab es noch? Beim Nachdenken ließ ich den Stift gegen meine Lippen klopfen. Kisten oder besser Kartons, woher konnte ich Kartons bekommen, um die Sachen einzupacken?

Gähnend beschloss ich, dass es heute schon zu spät war. Die Fahrt hatte ewig gedauert. Zum Glück war ich schon am späten Vormittag losgefahren. Nun war ich so müde, dass ich mich kaum noch wachhalten konnte.

Morgen würde ich mich damit beschäftigen müssen, wo man hier Lebensmittel kaufen konnte. Immerhin musste ich in den kommenden Tagen von etwas leben. Bei dem Gedanken knurrte mein Magen.

Angesichts der Mammutaufgabe, die mich hier erwartete, war ich wie blockiert. Wie sollte ich das nur schaffen? Müde zog ich eine Packung Chips aus meiner Tasche. Eine andere Mahlzeit würde ich mir heute nicht mehr organisieren können.

3

Cooper

Da war sie nun also. Roses Enkelin Annie. Wir hatten eher mit der Tochter gerechnet. Andererseits ist die nicht einmal gekommen, als ich ihre Assistentin informiert hatte, dass Rose im Koma lag und vermutlich sterben würde. So ist es dann auch gekommen. Keiner wusste, was diese Sepsis ausgelöst hatte, Medikamente schlugen nicht an.

Ich schluckte gegen den Kloß in meinem Hals an. Rose fehlte mir jeden Tag.

Ihre Enkelin sah ihr kaum ähnlich. Nun war sie da, um sich an Roses Tod zu bereichern, obwohl sie kaum ein Teil ihres Lebens gewesen war. Was musste sie für ein Mensch sein, dass sie ihre eigene Granny nie besucht, ja nicht einmal angerufen hatte. Rose war so ein wundervoller Mensch gewesen. Ich atmete tief ein und schob die Trauer beiseite.

Dass Annie mich fast über den Haufen gefahren hatte, zeigte doch schon, wie unbedacht sie durch die Welt ging.

Wenn ich ihr den Schlüssel gebracht hatte, musste ich sie nicht wiedersehen. Ich hatte mehr als genug um die Ohren. Eigentlich hätte sie vorhin bei mir klingeln sollen wegen des Schlüssels. Zu gerne hätte ich ihr Gesicht gesehen, wenn sie feststellte, dass ich der Nachbar war, von dem sie den Hausschlüssel holen sollte.

Zu gerne hätte ich sie noch etwas geärgert, sie aus der Reserve gelockt. Um es hinter mich zu bringen, ging ich schnell rüber.

Im Wohnzimmer brannte Licht, trotzdem reagierte sie nicht auf mein Klopfen. Ich lauschte, ob sie vielleicht Musik hörte, doch es waren keine Geräusche zu hören. Auch, wenn sich das nicht gehörte, ging ich zum Fenster und spähte vorsichtig hinein. Sie war nirgendwo zu sehen.

Das Auto stand vor dem Haus. Was, wenn ihr etwas passiert war? Vielleicht war sie von einer Leiter gefallen. Nach kurzem Zögern schloss ich auf. Schon von der Tür aus konnte ich sie sehen. Sie lag auf dem Sofa und schlief friedlich. Ihre Gesichtszüge waren ganz entspannt, sie sah fast niedlich aus.

Vermutlich war sie von der Fahrt erschöpft. Unwillkürlich ging ich noch näher ran. Sie war wunderschön, auch wenn sie ihre blauen Augen nun geschlossen hatte. Im Gegensatz zu dem dunklen Haar hat das tiefe Blau vorhin faszinierend ausgesehen. Ihre Wimpern waren so lange, dass sie fast auf ihrer Wange ruhten.

Als es unter meinem Schuh leise knirschte, blieb ich wie angewurzelt stehen. Sie atmete tief ein und drehte sich um und schlief weiter. Mist, ich musste hier verschwinden. Ich hatte hier nichts verloren. Langsam hob ich meinen Fuß und sah, dass ich nur auf ein paar Chipskrümel getreten war. Sie hatte sich wohl nichts Vernünftiges zu Essen mitgebracht oder sie war zu erschöpft gewesen. Irgendetwas an der Situation rührte mich. Vielleicht lohnte es sich auch hier, tiefer zu blicken.

Darauf bedacht, kein Geräusch zu machen, schlich ich mich wieder nach draußen. Die Schlüsselübergabe musste wohl noch warten.

4

Annie

Mit einem pappigen Geschmack im Mund wachte ich auf und tastete mit geschlossenen Augen nach der Wasserflasche, die üblicherweise auf meinem Nachttisch stand.

Doch dann kam die Erinnerung zurück. Ich war nicht in meinem Wohnheimzimmer. Abrupt riss ich die Augen auf und sah mich um. Ich war in Weeping Willow Creek in Grannys Haus. Offenbar war ich auf der Couch eingeschlafen. Und auf den Chips, die ich statt eines Abendessens gegessen hatte. Angewidert zog ich mir ein Stück davon aus meinem Haar.

Ein Blick auf mein Smartphone zeigte mir, dass es kurz nach 5 Uhr morgens war. Auch wenn ich morgens gerne noch etwas liegen blieb, um langsam wach zu werden, kam es mir hier nicht richtig vor. Schließlich war das kein Urlaub. Ich hatte eine gewaltige Aufgabe vor mir. Zuerst trank ich einen Schluck Wasser und schaute nach dem Papagei, der noch schlief. Er schien genug Wasser zu haben. Zur Sicherheit füllte ich noch ein bisschen Vogelfutter auf. Dann machte ich mich auf den Weg nach oben zum Badezimmer.

Die Treppe knarzte. Das herrlich unperfekte Geräusch zauberte mir ein Lächeln ins Gesicht. Ob meine Granny wohl auch so organisiert und diszipliniert war wie meine Mom? Vermutlich eher nicht.

Auch die Badezimmertür knarrte. Ich nahm es als gutes Zeichen, dass ich das Bad auf Anhieb fand.

Gestern erschien mir hier alles zu viel, zu groß, zu unübersichtlich. Aber heute war ein neuer Tag. Ich durfte einfach nicht das große Ganze sehen, sondern immer nur einzelne Etappen.

Hm, vielleicht konnte ich es planen, wie ein Projekt mit den verschiedenen Phasen und den Meilensteinen. So war mein Vorankommen sogar messbar. Meine Mutter wäre sicher begeistert. Allerdings sollte ich in die Planung auch nicht zu viel Zeit stecken. Ich sah mich im Bad um. Selbst hier gab es allerhand Dinge zu bestaunen. Figürchen, Flacons und natürlich die übliche Auswahl an Pflegeprodukten. Scheinbar war meiner Granny ihr Aussehen wichtig. Puh, es war eine Menge Zeug, aber sicher weniger als in den anderen Zimmern.

Nach und nach entstand ein grober Plan in meinem Kopf, während ich duschte und mich für den Tag bereit machte.

Dank meines Smartphones wusste ich, wo ich um diese Zeit etwas zum Essen herbekam. Es gab ein Café, das *blue*, das gleich öffnen würde. Von hier aus war es einfach zu Fuß erreichbar und der kleine Spaziergang würde mir sicher guttun.

Danach musste ich mich über verschiedene Dinge schlaumachen, zum Beispiel, an welchem Tag die Müllabfuhr kam und wo die Mülltonnen überhaupt standen?

Außerdem brauchte ich einen Überblick über alles. Zuerst würde ich mich im Haus umsehen, danach im Garten und dem Gartenschuppen.

Die kühle Morgenluft stieg mir in die Nase, als ich die Tür öffnete. Es roch hier so viel besser als zu Hause, nach Natur. Anders konnte ich es nicht beschreiben.

Auf der Veranda nahm ich mir den einen Moment, schloss die Augen und atmete tief ein. Das war wundervoll und belebend, als hielte der Tag unendlich viele Möglichkeiten bereit. Der Gedanke zauberte mir ein Lächeln aufs Gesicht.

Als ich die Tür hinter mir abschließen wollte, stieß mein Fuß gegen etwas Knisterndes. Ein Papierbeutel lag vor der Tür. Der war gestern noch nicht da gewesen, oder?

Zögernd hob ich ihn auf und spähte hinein. Darin lagen drei Donuts, die herrlich dufteten. Oh, süße Versuchung.

Auf der Tüte war das Logo des Cafés zu sehen, zu dem ich eben aufbrechen wollte. Ohne mir weiter den Kopf zu zerbrechen, nahm ich die Tüte mit und schlenderte wie geplant dorthin. Vielleicht hatte sich meine Granny Donuts liefern lassen und dort wusste keiner von ihrem Tod.

Selbst hier mitten in dieser Kleinstadt war die Natur allgegenwärtig, Bäume, bunte Blumenbeete, Grünflächen. Zu dieser frühen Stunde war noch kaum jemand unterwegs. Auch in dem Café waren nur wenige Leute. Die Blondine hinter der Theke musste in meinem Alter sein. Sie sah sympathisch aus und lächelte mir mit einem dunkelrot geschminkten Mund freundlich entgegen. Innerlich atmete ich tief durch und setzte mich mutig direkt an die Theke.

»Hi, ich bin Ella. Was kann ich dir bringen? Erstmal die Karte?«

»Ja, äh … Nein.« Ich stellte mich an wie der letzte Mensch. Ella lachte.

»Was denn nun? Ja oder nein?«

»Tut mir leid. Heute habe ich das hier vor der Haustür von Rose Miller gefunden.« Ich hielt den Papierbeutel in die Höhe.

»Ah, dann bist du ihre Enkelin, Annie, richtig?«

Verwundert nickte ich mit dem Kopf.

»Mein Beileid.«

»Du kanntest sie?« Überrascht sah ich Ella an.

»Jeder hier kannte sie. Rose war ein großartiger Mensch.«

Merkwürdig. Und auch die Beschreibung *großartig*. Das war nicht gerade das Wort, das meine Mutter zur Beschreibung meiner Granny verwendet hätte. Sicher wollte Ella nur höflich sein.

»Was die Donuts betrifft, dein Nachbar hat das für dich bestellt. Er dachte, dass du sicher noch keine Zeit hattest, einzukaufen und so.«

»Mein Nachbar?«

»Ja. Vermutlich hast du ihn noch nicht kennengelernt. Aber wenn du nun schon hier bist, kann ich dir auch was Warmes bringen. Diese Donuts sind auch später noch super lecker. Versprochen.«

Zustimmend nickte ich und warf einen Blick in die Karte. Mir lief bei den ganzen Leckereien das Wasser im Munde zusammen. Wie lange hatte ich keine Pancakes oder French Toast mehr gegessen? Oder Croissants? Trotzdem bestellte ich einen Müsli-Muffin. Das war mein Kompromiss wegen der Chips von gestern und der Donuts, die später noch auf mich warten würden. Meine Mutter hatte mir Vorhaltungen gemacht, als ich mit 12 ein bisschen an Gewicht zugelegt hatte. Da ich Sport hasste, achtete ich auf meine Ernährung, zumindest normalerweise.

»Dazu nehme ich einen Milchkaffee.«

»Einen Milchkaffee? Darf ich dir stattdessen meinen Spezialkaffee bringen? Bitte?«

Da es ihr wichtig zu sein schien, stimmte ich zu. Sie machte sich an die Arbeit. Die Türglocke klingelte, sie winkte dem neuen Gast zur Begrüßung zu und verschwand kurz in der Küche. Ohne, dass der Gast bestellen musste, brachte Ella ihm einen schwarzen Kaffee und Pancakes mit Bacon und einer großen Portion Ahornsirup.

Nachdem sie sich vergewissert hatte, dass die anderen Gäste nichts brauchten, kam sie wieder hinter die Theke und machte meinen Kaffee fertig, dabei nahm sie allerlei Zutaten zur Hand. Stolz stellte sie ihn mit einem breiten Lächeln vor mich hin.

»Was ist da alles drin?«

»Das ist ein Geheimnis. Nun probier schon.«

»Da ist aber kein Alkohol drin, oder?«

»Nein, aber wenn du möchtest, kann ich …«

Schnell schüttelte ich den Kopf und nippte vorsichtig an dem Getränk. Erstaunlicherweise schmeckte es gut. Eigentlich sogar richtig köstlich.

»Wow. Karamell, was sonst noch? Zimt?«

»Meine Lippen sind versiegelt.« Ella lachte. »Erzähl mal was von dir. Was machst du so.«

»Ich studiere Architektur.« Es fühlte sich nicht richtig an, das zu sagen.

»Cool, dann kannst du sicher gut zeichnen. Wo studierst du?«

»Yale.« Ich kam mir vor wie ein Hochstapler. Auch wenn das alles stimmte. Ich wollte keine Bewunderung dafür, weil … das war alles so kompliziert.

»Beeindruckend.«

Ich tat es mit einem Schulterzucken ab.

»Das Thema scheint dir unangenehm zu sein.« Ella legte den Kopf schief und betrachtete mich. »Du sprichst nicht gern über dich«, stellte sie fest.

»Tut mir leid.« Wieder einmal war mir bewusst, wie sonderbar das auf sie wirken musste und schämte mich dafür.

»Hey Annie, das muss dir nicht leidtun. Nicht jeder trägt sein Herz so auf der Zunge wie ich.«

»Danke.« Am liebsten wäre ich davongerannt. Schnell trank ich einen großen Schluck von meinem Kaffee. Er schmeckte süß, aber auch würzig und herb. Trotzdem ergab es ein harmonisches Ganzes. Nie wieder würde ich einen anderen Kaffee trinken können, ohne diesen zu vermissen. Ella hatte mich für immer versaut.

Sie tippte sich mit dem Finger auf den Mund, als würde sie angestrengt nachdenken.

»Okay, dann kommt nun das ultimative Kennenlernspiel. Keine Sorge, du musst nichts erzählen, einfach spontan antworten. Bereit?«

Mein Herz klopfte und ich musste mich beherrschen, nicht nervös auf meinem Barhocker herumzurutschen. Trotzdem nickte ich. Ella war sympathisch und dass sie ohne Weiteres Rücksicht auf meine Schüchternheit nahm, war nett von ihr.

»Groß- oder Kleinstadt?«, begann sie.

»Keine Ahnung, ich habe nie in einer Kleinstadt gewohnt.«

»Kein Problem. Wähle einfach spontan aus dem Bauch heraus.«

Ich nickte.

»Kunst oder Technik?«

»Kunst.«

»Werwolf oder Vampir?«

»Vampir.«

»Sterne oder Steine?«

»Sterne.«

»Lesen oder puzzeln?«

»Lesen.«

»Strand oder Berge?«

»Äh …«

»Egal, in diesem Staat gibt es schließlich beides.«

»Ich werde wohl nicht lang genug hier sein, um das zu würdigen.« Ella sah mich überrascht an. Ihren Blick konnte ich nicht deuten.

»Du willst nicht hier wohnen? Auch nicht nach dem College?«

»Nein, ich bin nur hier, um für meine Mutter das Haus für den Verkauf vorzubereiten.«

»Für deine Mutter?«

»Ja, sie ist beruflich in Japan und kann es daher nicht selbst machen.« Der Gedanke, dass meine Mutter in diesem Haus alles sichten und einpacken würde, war so absurd. Selbst wenn sie beruflich nicht so eingespannt wäre, hätte sie das nicht übernommen. Seltsam, dass mir das erst jetzt bewusst wurde.

5

Cooper

Alarmiert nahm ich den Anruf von Ella an. Auch wenn wir zur selben Clique gehörten, hatte sie mich noch nie angerufen. Das konnte nur ein Notfall sein.

»Ja?«

»Das ist ein Fehler, Cooper«, begann Ella ohne Begrüßung.

»Hi Ella, wovon redest du?«

»Heute früh war Annie, die Enkelin von Rose hier im Café.«

Ich runzelte die Stirn. »Weshalb, habt ihr die Donuts nicht geliefert?«

»Doch natürlich. Und sie ist so lieb und süß.«

»Du sprichst von ihr, als wäre sie ein Welpe.«

»Ich meine es ernst Cooper. Sie hat das nicht verdient.« Ella war ganz aufgewühlt, aber ich wusste, was sie meinte. Meine Kopfschmerzen verschlimmerten sich. Die halbe Nacht hatte ich wachgelegen und genau darüber nachgedacht.

»Alle waren sich einig«, gab ich zu bedenken.

»Trotzdem ist es nicht richtig.«

Das ist mir inzwischen auch klar geworden. Eine Lösung sah ich aber noch nicht.

»Und was jetzt? Willst du zu ihr gehen und ihr alles erzählen? Damit erreichst du vermutlich genau das, was wir verhindern wollten.«

An dem frustrierten Laut den Ella ausstieß, erkannte ich, dass sie das genauso sah.

»Verdammt, Cooper. Das ist trotzdem nicht richtig.«

»Warten wir einfach mal ab. Ich sehe, was ich tun kann.«

Ob ich diese Zusage halten konnte, wusste ich noch nicht. Im schlimmsten Fall musste ich meine Eltern involvieren und das versuchte ich, zu vermeiden. Sie wären sicher enttäuscht von mir.

»Magst du sie?« Ellas Frage traf mich unvorbereitet. Irritiert atmete ich ein. So nahe standen Ella und ich uns eigentlich nicht, dass sie mir so persönliche Fragen stellte.

»Ich finde sie sehr sympathisch«, erklärte Ella, als meine Antwort ausblieb.

»Gestern hätte sie mich fast überfahren und hat mich dann noch dafür angezickt.« Bei der Erinnerung musste ich lächeln. Annie schien über ihr Verhalten selbst erstaunt gewesen zu sein.

»Das kann ich mir gar nicht vorstellen. Sie wirkte heute früh eher zart wie eine Elfe.«

»Diese Elfe hat aber ganz schon Feuer.«

»Vielleicht hast du etwas bei ihr zum Durchbrennen gebracht.«

»Sehr witzig.« Trotz meiner sarkastischen Antwort musste ich schmunzeln. Der Gedanke, dass Annie so auf mich reagierte, gefiel mir unerwartet gut.

»Cooper, du kriegst das wieder hin, oder? Für uns alle?«

»Ich werde mal ein bisschen rum telefonieren. Wichtig ist, dass du deinen Mund hältst.«

»Versprochen.«

Mein schlechtes Gewissen wog nach diesem Telefonat noch mindestens eine Tonne mehr.

Verdammt, verdammt, verdammt. Die halbe Nacht hatte ich jede Sekunde, die ich mit Annie verbracht hatte, durchgespielt. So kratzbürstig, wie sie erst auf mich gewirkt hatte, war sie gar nicht. Immer wieder habe ich vor meinem geistigen Auge gesehen, wie sie auf Roses Couch lag. Friedlich, aber auch irgendwie verloren. Irgendetwas an ihr ließ mich nicht los.

Wie viele Stunden hatte ich auf genau dieser Couch verbracht?

Das brachte nichts. Wie ich es auch drehte und wendete. Wir hatten Mist gebaut, hatten nur an uns gedacht, anstatt Roses letzten Willen zu akzeptieren.

Manche Fehler konnte man nicht so einfach wieder ausbügeln.

Wie heute Nacht musste auch jetzt der Sandsack herhalten, um meine Frustration aufzufangen. Energisch joggte ich die Treppe nach oben. Doch als ich dort am Fenster vorbei ging, sah ich sie. Annie. Sie saß am Fenster und erst dachte ich, dass sie etwas schrieb. Erst nach einer Weile bemerkte ich, dass sie zeichnete. Offenbar zeichnete sie die Trauerweide, die hinter meinem Haus stand.

Abrupt riss ich mich von ihrem Anblick los, als sich mein Herz zusammenzog. Rose hätte sie gemocht. Mir war klar, dass Rose die Erinnerung an das Kind, das Annie gewesen war, geliebt hatte. Aber nun ahnte ich, weshalb.

Trotzdem änderte das nichts daran, dass sie Rose nie besucht hatte. Wieder rief ich mir die Fakten ins Gedächtnis. Sie wollte kein Teil von Roses Leben sein, dann brauchte sie

nun nach Roses Tod nicht hierherkommen und alles durch-
einanderbringen.

Ein Blick auf die Uhr verriet mir, dass mir nur noch 20
Minuten mit meinem Boxsack blieben, bevor ich aufbrechen
musste.

6

Annie

Zurück in Grannys Haus fühlte ich mich seltsam beklommen. Es war nicht mein Haus, es war mir nicht einmal vertraut. Langsam trat ich an die Voliere.

»Wie heißt du?« Keine Antwort. »Ich bin Annie.« Der Papagei ignorierte mich weiter, das Futter, das ich ihm gegeben hatte, jedoch nicht. Komischer Vogel.

Ich wandte mich ab und ließ ihm seine Ruhe.

Wie ein Eindringling schlich ich durch die Räume und sah mich darin um. Es half nicht. Ich versuchte, das Gefühl abzuschütteln und endlich anzupacken.

Es kam mir so falsch vor. Granny hatte hier vor kurzem noch gewohnt. Dadurch, dass sie keine Trauerfeier gewollt hatte, kam mir das so unreal vor. Als würde sie jeden Moment hereinkommen und mich fragen, weshalb ich in ihren Sachen herumwühlte. Natürlich war das albern, das wusste ich. Aber die Gedanken ließen sich heute nicht abstellen. Ob sie mich überhaupt erkennen würde?

Um mich zu beruhigen, sah ich aus dem Fenster. Ob der Nachbar schon bemerkt hatte, dass ich hier war, obwohl ich den Schlüssel nicht abgeholt hatte? Vermutlich ja, immerhin hatte er mir Donuts bringen lassen. Das war aufmerksam. Noch wusste ich nicht genau, wie ich damit umgehen sollte.

Vermutlich sollte ich später mal rüber gehen und mich bedanken.

Jetzt nahm ich mir erstmal meinen Zeichenblock und begann, die Trauerweide in seinem Garten zu zeichnen.

Der Baum war wunderschön, meine Zeichnung wurde ihm nicht gerecht. Nach einer Weile gab ich mir einen Ruck. Schließlich war das hier kein Urlaub. Ich hatte eine Aufgabe und die war nicht gerade klein.

Immerhin wusste ich nun, wie es mit dem Müll aussah. Ella hatte vorhin gesagt, dass der am Montag abgeholt werden würde. Darum würde ich mich also heute Abend kümmern. Nach dem Rundgang durch alle Zimmer beschloss ich, heute Nacht in dem Gästezimmer zu schlafen, das ich als Kind immer benutzt hatte. Später würde ich es herrichten. Erst einmal begann ich mit meiner eigentlichen Aufgabe, im Bad.

Entschlossen band ich meine Haare zusammen und machte mich an die Arbeit. Alle offenen Kosmetikprodukte warf ich in einen großen Müllsack, den ich in der Besenkammer gefunden hatte. Alle Dinge, bei denen ich mir unsicher war, kamen auf einen Haufen und alle, die möglicherweise jemand haben wollte, oder die einfach zu gut für den Müll waren, auf einen anderen. Nach diesem Prinzip waren bald alle Schränke und Schubladen geleert. Die Sachen brachte ich in den Flur, damit ich das Bad gründlich reinigen konnte.

Als ich damit fertig war und den Müllsack nach unten bringen wollte, hörte ich die Türklingel. Überrascht zog ich die Haushaltshandschuhe aus und ging nachsehen, wer das war.

»Ella, was für eine Überraschung.«

»Hi, ich habe Feierabend und dachte mir, ich bring dir deinen Lieblingskaffee.«

»Spezialkaffee?«

»Selbstverständlich.« Sie wusste genau, wie sehr ich ihrem Kaffee verfallen war.

»Wow, das ist echt lieb von dir.«

»Es ist nicht ganz uneigennützig. Ich dachte, du kannst sicher eine Pause vertragen und möchtest deine Donuts mit mir teilen.«

Konnte ich mir diese Pause leisten? Es gab noch so viel zu tun.

»Ja, warum nicht.«

Ella schien mein Zögern falsch zu interpretieren.

»Hey, wenn du alle schon gegessen hast, ist das absolut in Ordnung. Es sind schließlich deine. Und wenn es dir grad nicht passt, kein Problem.«

»Nein komm rein, eine kurze Pause wird mir guttun.«

Ellas Kaffee schmeckte genauso gut wie heute früh.

Nachdem wir es uns damit und mit Donuts von meinem Nachbarn am Küchentisch bequem gemacht hatten, entstand eine kurze Stille.

»Bist du hier aufgewachsen, Ella?«

»Nein, ich wohne erst seit etwa eineinhalb Jahren hier. Bei meiner Tante Meredith, ihr gehört das *blue*.«

»Oh, interessant. Wie ist es dazu gekommen?« Kaum waren die Worte heraus, fand ich sie unpassend, dafür, dass wir uns gerade erst kennengelernt haben.

»Du musst nicht …«

»Ist schon okay, Annie. Es ist zwar eine etwas längere Geschichte, aber wenn du Zeit hast, erzähle ich sie dir.«

Ich nickte neugierig. Und biss in meinen Donut. Knackige Schokolade, fluffiger Teig und eine Cremefüllung, die einfach perfekt war. Nicht zu süß, nicht zu fest. Perfekt. Nachher musste ich mich unbedingt bei meinem Nachbarn dafür bedanken, erinnerte ich mich.

»Schmeckt es dir?«

»Oh ja, die sind himmlisch.«

Ella lachte. »Das habe ich doch gesagt.«

»Stimmt, aber nun erzähl schon, was hat dich hierher verschlagen.«

»Alles begann mit einem echt heißen Kerl. So wie die meisten guten Geschichten.« Ella zwinkerte mir zu. Ich lächelte, auch wenn ich mit echt heißen Kerlen keine Erfahrung hatte. Klar, hatte es Jungs gegeben, aber vermutlich meinte Ella so etwas eher nicht.

»Typen wie Logan sind wie die Sünde, unwiderstehlich und gefährlich.« Ihr Blick verfing sich in der Vergangenheit. »Es gibt kaum Worte, um zu beschreiben, welche Gefühle er in mir geweckt hat. So etwas hatte ich davor noch nie erlebt und danach übrigens auch nicht. Es war eine aufregende, ja, eine geradezu sinnliche Zeit. Nie habe ich das Leben intensiver gefühlt. Mich im Fluss der Zeit verloren. Es gab keine Grenzen, keine Hürden. Auch nicht in meinem Kopf.« Sie lächelte bei der Erinnerung, dann sah sie mich fest an.

»Er hat mir gezeigt, wie wunderbar ich bin. Das ist wohl sein Geschenk an mich gewesen.«

»Was ist passiert?«

»Er war ein Reisender und die soll man bekanntlich nicht aufhalten.« Sie sagte es so, als ob es ihr egal wäre, dass er weg war. Aber es klang nicht danach. Mein Herz zog sich zusammen, als ich den Schmerz in Ellas Augen aufblitzen sah.

»Das muss schlimm für dich gewesen sein«, sagte ich vorsichtig.

»Ehrlich gesagt, es hat mich zerstört. Tief in mir drin.« Sie atmete tief ein. »Es hat gedauert, eine lange Zeit, bis ich mich auf die guten Dinge konzentrieren konnte. Das zu überwinden hat mir gezeigt, wie stark ich bin.«

Ich nickte und trank einen Schluck Kaffee. Es war so normal, zwei Mädels, die Kaffee tranken und über Jungs quatschten. Für mich war das nicht so normal. Besonders auf dem College fehlte mir das. Wie sehr, wurde mir erst jetzt bewusst.

»Wie ging es weiter?«

»All das hat mich nachhaltig verändert. Ich konnte einfach nicht zurück. Konnte nicht in mein altes Leben. Konnte die Blicke meiner Eltern nicht ertragen, die mich anschauten, als wäre ich ein Alien oder eine Bombe, die jeden Moment hoch geht.

Das College habe ich abgebrochen, die Zeit war einfach nicht aufzuholen und es war auch nicht mehr das Richtige für mein neues Ich.«

Ella hatte das College abgebrochen? Bevor ich überlegen konnte, ob sie mir bei meiner Entscheidung helfen konnte, sprach sie bereits weiter.

»Ich trieb auf einem See aus Selbstmitleid. Meredith kam genau zum richtigen Zeitpunkt. Auch wenn ich anfangs skeptisch war, habe ich es nie bereut, hierhergekommen zu sein. Weeping Willow Creek ist ein wundervoller Ort. Vermutlich gibt es keinen Besseren zumindest für mich. Er ist voller Leben und fantastischer Menschen.«

Bei jedem Wort spürte ich die aufrichtige Liebe, die sie für diesen Ort und seine Menschen empfand. Den Stich der Eifersucht wollte ich nicht spüren. Ella hatte es verdient, glücklich zu sein. Dennoch konnte ich nicht anders, als mir dasselbe für mich zu wünschen.

Ein Zuhause, ein Ort, der nicht nur ein Haus oder eine Wohnung war, sondern ein Gefühl. Ein tiefes, sicheres Gefühl von unerschütterlicher Geborgenheit.

Ellas Besuch hatte mir gutgetan. Überraschend schnell hatte es sich angefühlt, als würden wir uns schon ewig kennen. Ihre offene Art und ihre Leichtigkeit hatten mich erfolgreich von meinen Sorgen abgelenkt. Danach konnte ich wieder voller Elan anpacken.

Ella hatte mir zugesagt, dass sie jemanden von der Stadtverwaltung kannte. Nach einem Anruf dort, versicherte sie mir, dass ich alle Textilien, die weg sollten, einfach in Säcke packen und an die Straße stellen sollte. Es würde nachher jemand vorbeikommen und die Sachen abholen. Und das an einem Samstagnachmittag. Kleinstadt Connections, das war eine riesige Erleichterung, die ich dankbar annahm.

Als ich die ganzen Kleider, Decken, Kissen, Handtücher, Tischdecken und so weiter eingepackt und nach draußen gestellt hatte, war ich schweißgebadet und völlig erschöpft. Da war ganz schön was zusammengekommen.

Da nach dem Wochenende die Müllabfuhr kommen würde, machte ich mich als Nächstes schon mal daran, alle schnell verderblichen Lebensmittel zu entsorgen. Bald war der Kühlschrank leer und frisch gereinigt. Bei dem Anblick knurrte mein Magen und es mir fiel ein, dass ich noch keine

Lebensmittel eingekauft hatte. Inzwischen dämmerte es bereits.

Nachdem ich so lange im Haus beschäftigt gewesen war, hatte ich das dringende Bedürfnis zu duschen und es mir danach mit einem Buch auf der Couch gemütlich zumachen.

Mit schlechtem Gewissen bestellte ich mir eine Pizza und versprach mir selbst, am kommenden Tag für Vitamine und gesundes Essen zu sorgen.

Nach den Duschen zweifelte ich an meinem Verstand. Verdammter Mist, wie dämlich konnte man denn sein. Mir wurde bewusst, wie gründlich, aber genauso wenig durchdacht meine Aktion heute gewesen war. Alle Handtücher hatte ich eingepackt. Vermutlich waren die inzwischen abgeholt worden, genau wie die Kissen und Bettdecken. Genervt trocknete mich mit meinem T-Shirt notdürftig ab und verfluchte meine Dummheit.

Natürlich brauchte meine Granny die Sachen nicht mehr, aber solange ich hier war, wären Handtücher und das Bettzeug für das Gästezimmer noch durchaus nützlich gewesen. Mist. Es wäre besser gewesen, das vorher zu durchdenken.

Nicht gutgenug. Die Worte meiner Mutter hallten in mir und ich stimmte ihnen beschämt zu. Mir blieb wohl nichts anderes übrig, als morgen einzukaufen und künftig besser zu planen, bevor ich solche Fehler machte.

Immerhin kam die Pizza schnell und sie roch so gut, dass mir das Wasser im Munde zusammenlief. Nichts war frustrierender als eine schlecht schmeckende Pizza. Okay, fast nichts.

Mit einem Hauch von Rebellion machte ich es mir mit der Pizza auf der Couch bequem. Meine Mutter wäre ausgeflippt, aber das machte es im Moment nur umso süßer. Vorsichtig biss ich hinein, um mir den Gaumen nicht am Käse zu verbrennen.

Ein metallisches Scheppern ließ mich erschrocken zusammenfahren. Das Geräusch kam vermutlich von den Mülltonnen, die einige Nachbarn bereits rausgestellt hatten, beruhigte ich mich. Jetzt, wo es dunkel war, kam es mit plötzlich unheimlich vor, allein in diesem Haus zu sein. Angespannt lauschte ich in die Stille. War da nicht das Knarren von Holzdielen zu hören? Hier im Haus?

Es ist alles in Ordnung, versuchte ich mich zu beruhigen. Hier konnte niemand rein. Oder etwa doch? Die Angst kroch mir vom Nacken aus langsam über den ganzen Körper. Sollte ich die Polizei rufen? Gab es in diesem Kaff überhaupt eine?

Da. Wieder ein Geräusch. Es kam definitiv von oben. Dieses Mal war ich mir ganz sicher. Mein Herzschlag beschleunigte sich. Ich legte das Pizzastück in den Karton zurück und stand auf. Lauschend schlich ich nach hinten in die Küche. Vorsichtig nahm mir so leise es ging ein Messer und überlegte, wie hoch die Kriminalitätsrate in einem kleinen Ort wie Weeping Willow Creek wohl war. Sollte ich nach oben gehen und nachschauen, ob da jemand war? Aber was, wenn ja? Hieß es in Horrorfilmen nicht immer, man sollte niemals nach oben gehen?

Benahm ich mich lächerlich oder war da wirklich jemand? Kaum hatte ich den Gedanken zu Ende gedacht, hörte ich wieder ein lautes Geräusch von oben. Es klang eindeutig nach schnellen Schritten. Eilig flitzte ich durchs Untergeschoss und machte alle Lichter an. Zuletzt sogar die

Außenbeleuchtung der Veranda. Hektische Geräusche. Schon wieder.

Ohne nachzudenken, rannte ich zur Verandatür und raus in den dunklen Garten.

Panik machte sich in mir breit. Ich versuchte, meinen Atem ruhig zu halten. Was sollte ich nur tun? Mein Smartphone lag im Wohnzimmer. Mist.

Ein Rascheln. Hinter mir im Garten. Mit angehaltenem Atem spähte ich in die Dunkelheit. Aus dem Augenwinkel nahm ich eine Bewegung wahr und stieß einen spitzen Schrei aus. Die Silhouette eines Mannes tauchte aus dem Schatten auf. Einen Augenblick später erkannte ich, dass es Cooper war.

»Du? Wo kommst du her? Warst du das auf dem Dach?«

»Was? Nein.«

»Warum schleichst du hier herum? Ist das irgendein krankes Spiel?« Mein Herz raste immer noch viel zu schnell.

»Nein, ich habe das Licht gesehen und wollte nachschauen, ob alles in Ordnung ist.«

Es dauerte einen Moment, bis seine Worte ihren Weg zu meinem Gehirn fanden. Er wollte nachschauen, ob alles okay war.

Oh. Das war nett von ihm.

Keine voreiligen Verdächtigungen, schalt ich mich und ließ das Messer sinken. Cooper nahm das mit einem Lächeln zur Kenntnis.

Mich brachte das jedoch auf einen anderen Gedanken. Wenn er es nicht gewesen war, dann war da vielleicht immer noch jemand. Angespannt sah ich mich um, konnte jedoch nichts weiter erkennen.

»Du hast Geräusche vom Dach gehört?«

Ich nickte und trat unwillkürlich einen Schritt näher auf ihn zu und drehte mich wieder in Richtung Haus um.

»Das ist sicher nur ein Waschbär.«

»Ein Waschbär?«

»Ja, die sind harmlos.«

»Harmlos? Ein Bekannter hat mir mal erzählt, wie ihm ein Waschbär ein Eis abgenommen hat.« Dass ich ihn dafür ausgelacht hatte, ließ ich unerwähnt.

»Ein Waschbär?«

»Ja, der hat mit seinen Krallen wohl den Schritt meines Bekannten bedroht.«

Cooper lachte laut auf und ich stimmte unwillkürlich mit ein. Die Spannung fiel langsam von mir ab.

»Dann lass uns mal nach dem kleinen Kerl sehen.«

»Was?« Schon war ich wieder in Alarmbereitschaft. Meine Stimme klang unnatürlich hoch.

»Na komm schon.« Cooper klang belustigt und ging zielstrebig auf das Haus zu.

»Hast du keine Angst?«, fragte ich auf dem Weg nach oben.

»Hast du immer Angst?«

Ich ignorierte, dass er wieder mit einer Gegenfrage geantwortet hatte.

»Natürlich nicht, aber man muss ja nicht absichtlich etwas Riskantes tun.«

»Man sollte viel öfter Dinge tun, vor denen man Angst hat.«

Cooper streckte seinen Kopf aus dem Dachfenster heraus.

»Da ist nichts zu sehen. Moment, ich gehe weiter raus.«

»Raus?«

»Die Ziegel werden schon nicht brechen.«

Na klasse, das war so ziemlich das Einzige, wovor ich keine Angst hatte - bis eben.

Cooper zog seine Beine nach und war ganz auf dem Dach verschwunden. Unwillkürlich hielt ich die Luft an.

»Unfassbar.«

»Was ist?«, ohne ihn an meiner Seite fühlte ich mich gleich weniger sicher. Vielleicht hätte ich das Messer nicht unten in der Küche liegen lassen sollen.

»Komm hoch.«

»Da hoch? Nie im Leben.« War er etwa verrückt.

»Doch, komm schon. Es ist wunderschön.«

»Ich habe mehr Angst als Neugierde in mir.«

»Noch ein Grund mehr hier hochzukommen.«

»Das ergibt doch keinen Sinn.« Er musste wirklich verrückt sein.

»Doch, komm schon. Sonst wirst du diese unsinnige Angst nie verlieren.«

»Angst ist nicht unsinnig, es ist ein Warnsignal des Körpers.«

»Du bist so ganz anders als deine Großmutter.«

»Du kanntest sie?«

Cooper antwortete nicht. Ohne nachzudenken, streckte ich den Kopf aus dem Dachfenster, um nach ihm zu sehen.

»Ja, ich kannte sie. Du kanntest sie nicht gut, oder?« Aus seiner Stimme war nun aller Spott gewichen.

»Nein, leider nicht. Meine Mom und sie hatten einen riesigen Streit. Das ist schon Jahre her, aber seitdem habe ich sie nicht mehr gesehen oder von ihr gehört.«

Cooper blickte in den Nachthimmel. Die Sterne strahlten hier viel klarer als in der Großstadt.

»Das ist schade.«

»Ja, das ist es.« Eine Schwere legte sich auf meine Brust. »Erzählst du mir von ihr?«

»Da du so mutig warst hier rauszukommen, hast du es dir verdient.«

Verdammt, ich war wirklich auf das Dach geklettert. Unwillkürlich begann ich zu schwanken.

»Komm rüber zu mir, hier ist ein Brett, da kannst du sicher sitzen.«

»Ein Brett? Wofür das denn? Ist das hier in der Gegend so üblich?«

»Nein, eher nicht. Keine Ahnung, wofür es ist.«

»Woher bist du vorhin eigentlich gekommen? Wieso warst du hier im Garten?«

»Ich habe das Licht gesehen und wollte wissen, ob alles in Ordnung ist.«

Das hatte er vorhin schon gesagt. Mit gerunzelter Stirn dachte ich über seine Worte nach.

»Ich wohne direkt nebenan. Was du übrigens wissen würdest, wenn du dir den Hausschlüssel geholt hättest.«

Warum hatte er mir das gestern nicht gesagt? Misstrauisch fragte ich mich, ob er etwas im Schilde führte. Unschlüssig musterte ich ihn. Coopers warme Augen schauten offen zurück. Auch wenn ich mich täuschen könnte, ich spürte keine Gefahr von ihm ausgehen.

»Das hätte ich auch gewusst, wenn du es mir gestern auf der Straße erzählt hättest.«

»Touché.«

Das erste Mal wagte ich, meinen Blick nach unten schweifen zu lassen. Mein Herz schmolz bei dem Anblick.

Der dunkle Garten war plötzlich voller Glühwürmchen. Vorhin waren die noch nicht da.

»Wow.«

»Ich sagte doch, dass es wunderschön ist.« Als hätten sie sich abgesprochen, leuchteten sie im gleichen Rhythmus. Cooper hatte sich ebenfalls nach vorne gebeugt. Sein warmer Körper berührte meine Seite. Ein angenehmes Kribbeln brachte mich aus dem Konzept.

»Alles in Ordnung?« Cooper sah mich aufmerksam an, er war mir so nah, dass ich mich nur etwas hinüber beugen müsste, um ihn zu küssen. Seine dunklen Augen musterten mich. Schnell senkte ich meinen Blick, blieb jedoch an seinen Lippen hängen.

»Ja, ich habe nur Hunger«, sagte ich. Das war das Erste, was mir in den Sinn kam. Meine Pizza war inzwischen bestimmt kalt.

»Hunger?«

»Ja, ich hatte mir eine Pizza bestellt, bevor ich die Geräusche hörte und nun liegt sie im Wohnzimmer und ich bin hier oben.«

Cooper lachte in sich hinein.

»Willst du rein gehen?«

Nein, das wollte ich nicht. Diese Spannung zwischen mir und Cooper fühlte sich schrecklich und wundervoll zugleich an. Nie würde ich diesen Moment freiwillig beenden, nicht einmal für Pizza.

»Nein.«

»Aber dir ist kalt und du bist hungrig.«

Am liebsten hätte ich geantwortet »*Aber du bist heiß und riechst fantastisch.*« Natürlich tat ich das nicht. Stattdessen sagte ich, »Du hast mir noch nicht von meiner Granny erzählt.«

»Okay, hier kommt mein Vorschlag. Ich hole die Pizza, wenn du mit mir teilst, und eine Kuscheldecke bringe ich dir auch mit.«

»Das mit der Pizza ist eine super Idee. Aber mit einer Kuscheldecke kann ich leider nicht dienen.«

»Wieso das?«

»Lange Geschichte.«

»Gut, dann erzähl sie mir, wenn ich zurück bin.«

Nachdem Cooper an mir vorbei zum Dachfenster geklettert und im Inneren des Hauses verschwunden war, fühlte ich, wie kalt es hier nachts noch wurde. Auch wenn mein ganzer Körper in Aufregung war und ich es nicht erwarten konnte, bis Cooper zurückkam, zwang ich mich zur Ruhe. Alle Gedanken über ihn drängte ich zur Seite und schaute hoch in die Sterne. Der Himmel war wunderschön. Man konnte so viel mehr Sterne sehen, als das zu Hause in der Stadt der Fall war. Ich verlor mich in dem Anblick und bemerkte gar nicht, dass Cooper nach einiger Zeit zurückkam.

»Hilf mir mal, bitte«, sagte er und reichte mir den Pizzakarton. Ich nahm ihn entgegen und sah, wie Cooper danach eine Kuscheldecke aus dem Fenster reichte. Ich nahm sie vorsichtig an mich, ohne die Pizza in Gefahr zu bringen.

Als er wieder neben mir Platz nahm, fühlte ich mich plötzlich befangen.

»Woher ist die Decke?«

»Ich habe sie schnell drüben bei mir geholt«, erklärte er, während er die Decke um unsere Schultern legte. Sie roch angenehm.

»Also, weshalb hast du keine?«

»Ich sag es dir, aber lach nicht.«

»Versprochen.« Cooper nahm sich ein Stück von der Pizza.

»Ella vom *blue* hat für mich die Abholung der Textilien meiner Granny veranlasst. Leider war ich etwas übereifrig und habe alles eingepackt.«

»Alles?«

»Ja, alle Handtücher, Decken, Kissen … Ich weiß, ich bin ein Trottel.« Ich konnte nur hoffen, dass er meine vor Scham geröteten Wangen bei dem Licht nicht sah.

Cooper lachte doch. »Mach dir keinen Kopf, das hätte jedem passieren können.«

Nun war es an mir zu lachen. »Nein, das ist definitiv eine der Geschichten, die nur mir passieren.«

»Was machst du sonst so, wenn du nicht gerade übereifrig bist?«

»Ich studiere Architektur in Yale.«

»Bemerkenswert.«

»Ach, eigentlich nicht.«

»Bist du nicht stolz darauf? Meines Wissens nehmen die nicht gerade jeden«, zog er mich auf.

»Richtig.«

»Wo ist dann das Problem?«

»Weil ich mich geirrt habe.« Erschrocken stellte ich fest, wie selbstverständlich mir diese Worte über die Lippen kamen.

»Geirrt? Wie meinst du das?«

»Ich hasse es dort. Ich hasse das College, ich hasse die Leute dort und ich hasse Architektur.«

»Na, dann mach was anderes.«

Bei Cooper klang das so leicht, so selbstverständlich. Aber so war es nicht.

»Das steht nicht zu Debatte.«

Cooper zog die Stirn kraus und sah mich fragend an.

»Meine Mom würde mich umbringen.«

»Es ist dein Leben.«

»Ja, aber …« Ich atmete tief ein und aus. »Können wir bitte einfach nicht darüber reden.«

»Na klar. Hier nimm dir auch ein Stück Pizza. Worüber möchtest du denn reden?«

»Erzähl mir von meiner Granny.«

»Rose war …« Cooper schaute in den Nachthimmel. Als er weitersprach, war seine Stimme leise, fast bedächtig. »Sie war inspirierend. Ich weiß nicht, wie ich es besser ausdrücken soll. Sie war einer dieser seltenen Menschen, die dir offen begegnen, ohne zu urteilen. Sie strahlte etwas Positives und Wissendes aus, ohne zu belehren. Jedes Mal, wenn ich mit ihr gesprochen hatte, kam ich mir hinterher ein Stück cleverer vor. Als wäre etwas von ihrer Weltsicht und ihrer Weisheit auf mich übergegangen.«

»Wow.« Seine Worte brachten mich ganz durcheinander. Was er sagte, passte so gar nicht zu dem Bild, das mir meine Mutter von einer verschrobenen, fast schon kaltherzigen, alten Frau vermittelt hatte. »Du hattest sie sehr gern.«

»Ja, sie fehlt mir«, gestand Cooper.

Tröstend legte ich meinen Arm um ihn und lehnte meinen Kopf an seine Schulter.

7

Annie

Am nächsten Morgen war ich wieder früh auf den Beinen. Was auch ganz gut war, denn die erste Überraschung des Tages ließ nicht lange auf sich warten.

»Hopp, aufstehen«, rief es von der Haustür. Diese Stimme kannte ich inzwischen gut. Cooper. Ich eilte zu ihm. Bei seinem Anblick kribbelte es aufgeregt in meinem Bauch. Was tat er denn hier, so früh am Morgen und dass mit zwei riesigen Taschen? Als wir uns gestern spät in der Nacht verabschiedet hatten, hatte ich zwar gehofft, ihn bald wiederzusehen, aber mit einem so schnellen Wiedersehen hätte ich dann doch nicht gerechnet. Also freute ich mich umso mehr darüber.

»Ich bin längst aufgestanden«, begrüßte ich ihn gutgelaunt.

»Gut, dann gehen wir jetzt frühstücken.«

»Frühstücken?«

»Klar, lass uns ins *blue* gehen.«

Mein Herz machte einen Purzelbaum, trotzdem blieb ich nach außen entspannt.

»Okay. Coole Idee. Was hast du da?«, fragte ich mit Blick auf die beiden Taschen.

»Ach, stimmt.« Er reichte sie mir. »Handtücher, frische Bettwäsche, ein Kopfkissen und eine Bettdecke« Er strahlte mich an wie ein kleines Kind, das zum ersten Mal selbst den eigenen Namen geschrieben hat.

»Oh wow.« Sprachlos sah ich die Taschen an, dann wieder Cooper. Ich nahm sie, stellte sie einfach im Wohnzimmer ab und eilte zurück auf die Veranda, um die Tür hinter mir abzuschließen. Das war richtig süß von Cooper.

»Danke.« Spontan nahm ich all meinen Mut zusammen und drückte ihm einen Kuss auf die Wange. Dann huschte ich schnell an ihm vorbei zur Straße. Mein Herz schlug wie wild. So gespannt ich auf seine Reaktion war, so sehr fürchtete ich sie auch.

Cooper kam gutgelaunt hinter mir her und legte kumpelhaft den Arm um meine Schulter. Als wäre ich seine kleine Schwester.

Mein Herz sackte eine Etage tiefer. Offenbar hatte ich da etwas missverstanden. Er konnte das Kribbeln ganz offensichtlich nicht spüren. Mühsam hielt ich mein Lächeln aufrecht.

Das war okay, versuchte ich meinen inneren Tumult zu besänftigen. So war es viel unkomplizierter. Schließlich war ich nur wenige Tage hier, rief ich mir in Erinnerung.

Man konnte in allem etwas Positives sehen, auch wenn mir das oft nicht gelang. In dem Moment fiel mir auf, warum ich mich hier so wohl fühlte. Erst Ella, dann Cooper. Hier in Weeping Willow Creek fand ich in kürzester Zeit mehr Freunde als in einem knappen Jahr in New Haven.

Der Gedanke an Yale zeigte mir, wie wenig ich es vermisste. Alles in mir sträubte sich dagegen, dorthin zurückzukehren. Nur hatte ich keine Alternative.

Das hier, die kurze Auszeit im Haus meiner Granny, war eine Illusion, eine Blase, die bald platzen würde. Das durfte ich nicht vergessen.

Der Duft im Café war wieder köstlich, mein Magen knurrte hörbar, als wir uns an die Theke setzten. Ella strahlte uns an.

»Hey ihr beiden« Sie klang neugierig, fast als erhoffte sie sich mehr davon, dass wir zusammen hier auftauchten. Vielleicht interpretierte ich aber auch nur etwas hinein.

»Hey Ella. Alles klar?« Staunend blickte ich von Cooper zu Ella.

»Ihr kennt euch? Okay blöde Frage, vergesst das. Hier kennen sich vermutlich alle.«

Ella lachte gutgelaunt.

»Sei nicht so streng zu dir. Cooper und ich kennen uns hier vom Café aber hauptsächlich vom *CLUB*.« Cooper warf Ella einen Blick zu, den ich nicht deuten konnte.

»Club? Ihr seid in einem Club?« Irgendwie fiel es mir schwer, mir die beiden in einem Club vorzustellen.

»Auf jeden Fall in dem Wir-mögen-Annie-Club, nicht wahr Cooper?«

»Sehr witzig, Ella«, grummelte Cooper verstimmt.

»Was für ein Club? So etwas wie der Debattierclub in der High School?«, hakte ich nach.

»Es ist kein solcher Club.« Cooper steckte seine Nase tiefer in die Speisekarte.

Weshalb machte ich mich nur mit solchen dämlichen Fragen lächerlich?

»Ach so, ist es ein Nachtclub? So etwas gibt es hier?«

»Nein.« Mehr sagte Cooper nicht dazu. Es war offensichtlich, dass er nicht mehr dazu sagen wollte.

»Lass dich einfach überraschen.« Ella zwinkerte mir zu und ignorierte Cooper. Stirnrunzelnd schaute ich nun selbst in die Speisekarte. Das unangenehme Gefühl von Cooper ausgegrenzt zu werden, war beim nächsten Gedanken wie weggeblasen. *War es etwa ein Swingerclub?*

»Ella, Annie wird nur kurz hier sein, um Roses Haus für den Verkauf vorzubereiten. Sie wird daher wohl keine Zeit haben den *CLUB* kennenzulernen.« Er sah Ella an, als wollte er ihr noch mehr damit sagen, ohne es jedoch wirklich auszusprechen. »Ich nehme das Omelette klassisch mit Tomaten.«

»Okay, und weißt du schon, was du nimmst, Annie?« Mir war bei Coopers schroffen Worten der Appetit vergangen, trotzdem bestellte ich einen Müsli-Muffin mit Joghurt und Obst zu meinem Kaffee.

»Wie kommst du mit dem Haus voran?«

»Es geht. Ich habe es unterschätzt. Das sind so viele Erinnerungen, so viele Dinge, von denen ich nicht weiß, ob sie meiner Granny wichtig waren. Meine Mom meinte, ich solle alles wegwerfen, aber das kommt mir nicht richtig vor.«

Ich spürte Coopers Blick auf mir, ignorierte ihn jedoch.

»Vorhin war Piet hier. Sicher kannst du ihm einige Sachen bringen. Er ist der Besitzer des Antiquitätenladens in der Mainstreet.«

»Ich weiß nicht, ob Piet dafür der Richtige ist«, brummte Cooper.

»Langsam reicht es mir. Trink deinen Kaffee und lass deine schlechte Laune nicht an uns aus.« Dieses Mal war es

Ella, die Cooper einen bezeichnenden Blick zuwarf, bevor sie sich mir zuwandte.

»Nimm es nicht persönlich. Vermutlich ist er nur müde. Wer weiß, was er letzte Nacht getrieben hat.«

Automatisch sah ich zu Cooper. Seinem Blick konnte ich entnehmen, dass auch er an die letzte Nacht auf dem Dach des Hauses meiner Granny dachte. Das leichte Lächeln auf seinen Lippen schien nicht nur mir aufgefallen zu sein.

»So ist das also … Ich schätze, Annie, ich werde dich nach meiner Schicht besuchen. Keine Widerrede.«

Coopers Blick verschloss sich.

»So ist das nicht.« Mein kläglicher Versuch einer Erklärung, wurde vom Klingeln von Coopers Handy unterbrochen. Er las eine Nachricht.

»Es tut mir leid, ich muss los«, sagte er, ohne uns richtig anzusehen. Überrascht verabschiedete ich mich. Dieser Morgen warf mehr Fragen auf, als gut für mich war. Kurz war ich versucht, Ella auszuquetschen, aber wenn die beiden befreundet waren, wollte ich sie nicht in Verlegenheit bringen.

Ella schien das jedoch ganz anders zu sehen.

»Was ist da zwischen euch beiden?«

»Da ist nichts, ehrlich. Die meiste Zeit über bin ich mir nicht mal sicher, ob Cooper mich überhaupt leiden kann.«

»Annie, mach mir nichts vor. Da ist irgendwas. Was war letzte Nacht?«

»Nichts, wirklich.« Ella hob eine Augenbraue und sah mich abwartend an. »Da war nur ein Waschbär auf dem Dach und ich hatte Angst, es wäre ein Einbrecher.«

»Oh.« Ellas Augen begannen zu strahlen. »Und du bist dann direkt in Coopers Bett geflüchtet?«

»Nein, er ist auf das Dach geklettert und hat Entwarnung gegeben.«

»Er ist auf das Dach geklettert?«

»Ja, kein Kuss, keine heiße Nacht.« Das war zumindest nicht gelogen. Genau genommen war es die Wahrheit, wenn auch etwas gekürzt.

Ella kam mich gegen Abend besuchen und dass, obwohl ich keine heißen Geschichten von Cooper auf Lager hatte. Sie schien festentschlossen zu sein, dass wir Freundinnen wurden. Es fühlte sich gut an.

»Wie lange kennst du Cooper schon?«

»Seit ich bei Meredith wohne. Warum fragst du?« Ihre Frage klang unschuldig, aber ich sah das wissende Lächeln, das ihre Lippen umspielte.

»Sein Verhalten kam mir heute Morgen merkwürdig vor. Ich habe mich gefragt, ob das typisch für ihn ist.«

»Ich weiß, was du meinst.« Nachdenklich sah sie mich an. »Cooper ist ein toller Kerl. Er ist einer, der alles im Blick hat und anpackt, wo es nötig ist. Er hat sogar den Spitznamen ›super Cooper‹.«

»Wie bitte? Das klingt albern.« Auch wenn ich darüber lachte, konnte ich ahnen, was sie mit Coopers Beschreibung meinte.

»Also hat er einfach ein Problem mit mir?«

Meine Schlussfolgerung tat Ella mit einem Kopfschütteln ab.

»Ich glaube, es ist eher die Situation. Cooper hatte ein gutes Verhältnis zu Rose. Er hat sich nach ihrem Tod darüber aufgeregt, dass nun irgendeine Verwandte kommt, die sich bisher nicht bei Rose gemeldet hat und nicht einmal auf der Trauerfeier war. Versteh mich nicht falsch, ich mache dir keinen Vorwurf, aber vielleicht tut Cooper das.«

»Es gab eine Trauerfeier?« Meine Gesichtszüge entglitten mir. »Meine Mom sagte mir, dass es auf Wunsch meiner Granny keine geben würde.«

»Oh.« Ella legte ihre Hand tröstend auf meinen Arm. Ich war zu aufgewühlt, um sitzen zu bleiben. Weshalb hatte meine Mutter das gesagt? Hatte sie denn selbst nichts von der Trauerfeier gewusst? Mein Gefühl sagte mir, dass das nicht der Fall war.

»Soll ich dir einen Tee machen?«, fragte Ella, die mir den Sturm der Gefühle wohl ansah. Ich nickte, denn es gab mir einen Moment, um mich zu sammeln. Ich fühlte mich verraten. Auch wenn ich Granny nicht wirklich gekannt hatte, meine Mom hatte kein Recht, mir den Abschied zu verwehren.

»Entschuldige«, sagte ich zu Ella, als sie kurz darauf mit zwei Tassen dampfendem Tee aus der Küche kam. »Du musst uns für eine merkwürdige Familie halten.«

»Annie, mach dir darüber keinen Kopf. Jede Familie hat ihre eigene Geschichte. So ist das eben.«

Vermutlich hatte sie recht. Dennoch war es für mich unfassbar, wie meine Mutter sich verhalten hatte. Ich atmete tief ein. Noch bevor ich mich beruhigt hatte, klingelte mein Handy. Beim Blick auf das Display fragte ich mich, ob sich das Schicksal einen Scherz mit mir erlaubte.

»Hallo Mom«

»Annie, wie weit bist du mit dem Haus?« Wieder einmal verlor meine Mutter keine Zeit mit Höflichkeiten. Normalerweise sah ich darüber hinweg, aber jetzt war ich so sauer auf sie, dass ich das nicht konnte.

»Mir geht es gut, danke der Nachfrage. Wie war dein Flug?«, man konnte mir deutlich anhören, wie verärgert ich war. Sogar meine Mom bemerkte es.

»Was ist los mit dir?« Ihre Frage klang viel eher nach einem Vorwurf.

»Warum hast du mir nichts von der Trauerfeier gesagt?« Meist ging ich Konfrontationen aus dem Weg, aber wenn ich so aufgewühlt war wie jetzt, gelang mir das nicht.

»Was hätte das gebracht? Du kanntest sie doch gar nicht.«

»Mom.« Empörung ließ meine Stimme zittern.

»Jetzt tu doch nicht so betroffen. Außerdem hatte dein Studium Vorrang. Womit wir wieder beim Thema wären, junge Dame. Wie weit bist du?«

Um mich zu beruhigen, atmete ich tief ein. Auf sachlicher Ebene konnte ich vielleicht mehr erreichen.

»Es dauert noch. So etwas geht nicht von heute auf morgen.«

»Pack einfach alles in Säcke und weg damit auf den Müll.«

Für einen Moment schloss ich die Augen. Eine Diskussion würde nichts bringen. Je weniger ich sagte, desto weniger konnte sie mir vorschreiben.

»Ich bekomme das schon hin, Mom«, versicherte ich matt. Das Gespräch strengte mich mehr an, als es sollte.

»Das hoffe ich. Denn ich bin hier unabkömmlich.«

Warum konnte sie mir nicht einfach vertrauen? Warum konnte es nicht einmal gut genug sein, was ich tat?

»Natürlich,«, versicherte ich ihr »Mach´s gut.«

»Ich melde mich wieder.« Ich konnte es kaum erwarten. Frustriert fuhr ich mir mit den Händen über das Gesicht.

Ella sah mich abwartend an. Sie schien förmlich zu brennen vor Neugier, sie hielt sich jedoch zurück, was ich ihr hoch anrechnete. Nach solchen Gesprächen mit meiner Mom fühlte ich mich oft ausgelaugt und brauchte einen Moment. Ihr Verhalten kam mir falsch vor, aber es gelang mir nicht, dagegen aufzubegehren.

»Tut mir leid, dass du das mitanhören musstest.«

»Annie, es gibt nichts, wo für du dich entschuldigen müsstest.« Sie zögerte kurz. »Deine Mutter scheint mir ziemlich kühl und fordernd, wenn ich das so sagen darf.«

Nickend stimmte ich ihr zu.

»Vermutlich wage ich mich damit zu sehr aus dem Fenster, ich will dir nicht sagen, was du tun sollst, aber denk mal darüber nach, ob es sich lohnt, es ihr immer recht machen zu wollen.«

Genau das war mein Dilemma. Da ich nicht zugeben wollte, dass ich schwach war, dass ich es nicht in mir hatte, gegen meine Mutter aufzubegehren, nickte ich nur stumm.

8

Cooper

Verdammter Mist. Warum musste sie sie sein? Annie war so bezaubernd, nicht nur das, sie brachte mich zum Lachen. Nachdem wir die halbe Nacht zusammen auf dem Dach die Sterne beobachtet hatten, hatte es mich heute früh gleich wieder zu ihr gezogen. Kaum hatte ich gesehen, dass sie wach war, bin ich unter die Dusche gehüpft und zu ihr gegangen. Es war verrückt, aber dieses Mädel verdrehte mir gehörig den Kopf.

Wie schön wäre es, sich einfach fallen zu lassen und dieses zarte, süße Gefühl, das ich in ihrer Nähe bekam, langsam wachsen zu lassen?

Aber sie war die Erbin. Allein das Wort zu denken, hinterließ einen bitteren Geschmack in meinem Mund. Inzwischen verstand ich, weshalb Annie keinen Kontakt zu Rose gehabt hatte. Mir war nun klar, dass sie selbst darunter litt. Dennoch gab es so vieles, das zwischen uns stand, dass ich es nicht ignorieren konnte.

»Wo bist du denn mit deinen Gedanken?« Piets Stimme riss mich zurück in die Realität und eigentlich war ich sogar froh darum. Wäre Annie doch nur die Zicke, für die ich sie in den ersten Minuten gehalten hatte. Es würde so vieles so sehr erleichtern.

»Brauchst du was?«, fragte ich Piet.

»Nein, aber ich glaube, wenn du das Fenster noch länger putzt, löst es sich auf.« Er amüsierte sich prächtig. Das hatte mir gerade noch gefehlt. Ich schätzte seinen Rat, aber nicht bei diesem Thema.

»Sehr witzig«, brummte ich mürrisch.

»Cooper, du weißt, dass du das nicht machen musst, nicht wahr. Damit kann ich jemanden beauftragen.«

»Nein, ich kann das machen. Das ist kein Problem.«

Als ich schon hoffte, er würde das Thema fallen lassen, räusperte sich Piet.

»Durchblick beim Fenster bedeutet nicht automatisch Durchblick bei deinen Sorgen.« Er fuhr sich zögernd durch die ergrauten Haare. »Du weißt, dass du mit mir reden kannst, egal was dich belastet.«

Ich hörte auf, die verdammte Scheibe zu putzen und nickte Piet zu. Er sah blass aus. Kaum hatte ich ihn schwanken gesehen, schon griff ich reflexartig nach seinem Arm, um ihn zu stabilisieren.

»Es geht schon.«

Doch ich glaubte ihm kein Wort. Zu lange und zu oft habe ich die Anzeichen gesehen. Schnell stieg ich von der Leiter und legte das Fensterputztuch zur Seite. Ohne weitere Worte darüber zu verlieren, brachte ich Piet in sein Bett. Er widersprach nicht. Diesen starken Mann so geschwächt zu sehen, brach mir das Herz.

Ich durfte nicht darüber nachdenken, ob es tatsächlich immer schlimmer wurde. Die neue Behandlung hatte gerade erst begonnen, vielleicht schlug sie bald an.

In der Küche schnappte ich mir eine Flasche Wasser und trank sie in wenigen Zügen leer. Piet sah es nicht gerne, wenn ich direkt aus der Flasche trank, aber das kühle Wasser half zumindest wenige Minuten lang, diese sinnlose heiße Wut zu vergessen.

Warum ausgerechnet Piet? Gerade erst hatte ich Rose verloren. Es war so unfair und sinnlos. Nur in Annies Gegenwart fand ich Ruhe in meinen Gedanken. Sie allein schaffte es, dass ich mich voll und ganz auf sie konzentrierte.

Wieso hatten wir das getan? Wieso hatten wir keinen anderen Weg gewählt. Fast sehnte ich mich nach meinem Boxsack.

Das war alles so kompliziert.

Während ich mich wieder ans Fenster putzen machte, überlegte ich mir, wie ich mein Verhalten von heute früh im *blue* wieder gut machen konnte. Ella wusste genau, was auf dem Spiel stand und trotzdem spielte sie mit dem Feuer. Sie war unberechenbar und konnte damit alles zerstören.

9

Annie

Nach dem Telefonat mir meiner Mutter hatte sich Ella bald verabschiedet. Ich hatte mich dran gemacht, Dinge zu sortieren, die ich morgen dem Antiquitätenhändler anbieten konnte. Außerdem würde ich in der Bibliothek anfragen, ob die ein paar Bücher als Spende annehmen würden.

Meine Stimmung hatte sich nicht gebessert. Erst die Sache mit Cooper heute früh, dann meine Mom ... Der Tag war mies gewesen. Immer deutlicher spürte ich, wie gefangen ich mich in meinem eigenen Leben fühlte. Was mir fehlte, war eine Alternative. Mir fehlten Inspiration und Mut, ich hatte aber keine Idee, wie ich das ändern konnte.

Im Gästezimmer meiner Granny richtete ich eben das Bett mit Coopers Kissen und Decke her. Sein angenehm herber Duft haftete daran. Vermischt mit dem des Waschmittels.

Cooper kam mir vor wie das Sinnbild meines Lebens. Es könnte so viel mehr sein, wenn nur die Umstände passen würden. Ich mochte ihn, sein Verhalten heute früh hatte jedoch eindeutig gezeigt, dass er das anders sah.

Um mich abzulenken, sammelte ich kleine Porzellanfigürchen ein, die hier auf der alten Kommode rumstanden. An manche der Figuren erinnerte ich mich aus meiner

Kindheit. In diesem Zimmer hatte ich immer übernachtet, wenn ich zu Besuch war. Hier hatte ich mich immer wohlgefühlt.

Erst jetzt fiel mir auf, dass die Figur einer kleinen Fee dazwischenstand. Ein Kloß in meinem Hals erschwerte mir das Schlucken, als ich mit zitternden Fingern danach griff. Die raue Oberfläche fühlte sich fremd und doch vertraut an. Vorsichtig pustete ich den Staub herunter. Diese Fee sah bei weitem nicht perfekt aus, wie die anderen Figuren, doch ihr Anblick trieb mir die Tränen in die Augen. Diese Fee hatte ich gemacht, als Kind.

Dass Granny sie all die Jahre aufbewahrt hatte, brach mir das Herz. Sie hatte mich nicht abgeschrieben, wie meine Mom es behauptet hatte. Warum nur hatte sie gelogen? Immer und immer wieder. Ich fühlte mich beraubt, beraubt um Jahre, in denen meine Granny und ich Zeit miteinander hätten verbringen können. Stattdessen gab es diese gekappte Beziehung und lose Erinnerungen, die verdrängt wurden. Weitere Tränen rannen über mein Gesicht. Eiskalte Einsamkeit griff nach meinem Herzen. Der Verrat meiner Mutter fühlte sich an, als wären mit einem Mal alle Verbindungen zu anderen Menschen gelöst. Als wäre ich allein auf einem Planeten mit mehr als 7,5 Milliarden Menschen.

Einzig die Fee in meiner Hand gab mir ein bisschen Halt. Wie eine Kerze brachte sie etwas Licht in die Dunkelheit. Gab mir eine Verbindung zu meiner Vergangenheit, die nicht mit Lügen verunreinigt war. Eine ganze Weile saß ich da und ließ den Tränen freien Lauf. Ich fühlte mich so machtlos. Wegen meiner Mutter, wegen des Colleges, wegen all der Lügen. Und doch war ich die einzige Person, die etwas ändern konnte.

Entschlossen blinzelte ich die Tränen weg und atmete tief durch. Nachdem ich mich gesammelt hatte, stellte ich die Fee auf den Nachttisch, damit ich sie nah bei mir hatte. Für heute würde ich es gut sein lassen. Ich wollte nur noch schlafen und allem entfliehen. Morgen war ein neuer Tag.

Eine Holzdiele im Flur knarrte, als ich zum Bad ging. Schnell machte ich mich bettfertig. Meine Müdigkeit war nicht nur körperlich. Auch emotional war ich so erschöpft, dass ich nicht einmal zeichnen wollte.

Zurück im Gästezimmer fiel mir auf, dass das Licht im Zimmer gegenüber brannte, in Coopers Haus. Zögernd trat ich ans Fenster, ich konnte nicht viel sehen, obwohl es keine Gardine gab. Eine Kommode und ein Stück von einer Tür, vermutlich vom Flur. Das Haus schien eine ähnliche Aufteilung zu haben, wie das meiner Granny, obwohl es insgesamt etwas größer war.

Erschrocken wich ich zurück, als die Tür sich öffnete und Cooper das Zimmer betrat. Er hatte sich ein Handtuch um die Hüfte geschlungen, sein Haar war nass. Vermutlich hatte er geduscht. Auch wenn ich wusste, dass sich das nicht gehörte, konnte ich meinen Blick nicht von ihm wenden. Er war muskulöser, als ich bisher angenommen hatte. Da er mir den Rücken zuwendete, wagte ich mich etwas weiter vor.

Wie gerne wäre ich jetzt unsichtbar direkt da drüben in seinem Zimmer. Hätte seinen Duft eingeatmet und hätte ihn leicht, wie ein Windhauch berührt.

Das Eingangssignal einer Textnachricht riss mich aus meinen unangebrachten Gedanken. Ich fischte mein Handy vom Bett und erstarrte beim Lesen der Nachricht.

Cooper: *Genießt du die Aussicht?*

Verdammt, er hatte mich ertappt. Ein Blick zu seinem Fenster bestätigte mir das Offensichtliche. Cooper stand dort und winkte mir lässig zu.

Annie: *Aussicht mit Strand wäre mir lieber.*

Cooper: *Lügnerin. Ich habe gesehen, wie du mich abgecheckt hast.*

Verdammt, das würde ich nie im Leben zugeben.

Cooper: *Gib's zu, du findest mich heiß.*

Seine gespielte Arroganz entlockte mir ein Lachen.

Cooper: *Leugnen hilft nichts.*

Annie: *Das hättest du wohl gern.*

Cooper: *Ja, das hätte ich gern.*

Kurzschluss. Meine Gedanken rasten mit meinem Herz um die Wette. Was zum Teuf... Nein, niemals. Das war nur ein Witz, ein harmloser Scherz unter Freunden.

Cooper: *Bekomme ich eine Antwort oder willst du mich mit deinem Schweigen herüberlocken?*

Die Raumtemperatur stieg sprungartig an, als ich mir ausmalte, wie Cooper, nur mit dem Handtuch bekleidet zu mir kam. Diese schlüpfrigen Gedanken verbannte ich sofort aus meinem Kopf. Nicht, dass er mir das noch ansehen konnte.

Annie: *Das ist zu gefährlich, denk an den Waschbären.*

Cooper: *Ich stehe auf Abenteuer.*

Seine Worte kühlten den Raum wieder auf Normaltemperatur. War es das, was er wollte? Ein flüchtiges Abenteuer?

Mein Handy klingelte, einen Augenblick starrte ich es einfach nur an.

»Hi Cooper.«

»Schön, deine Stimme zu hören.«

Es fühlte sich seltsam intim an, mit ihm zu telefonieren, während er halbnackt am Fenster gegenüberstand. Wollte ich dieses Spiel wirklich mitspielen? Es reizte mich, aber zugleich hatte ich die Befürchtung, dass ich damit ganz und gar nicht umgehen konnte.

»Annie, wegen heute Morgen, es tut mir leid.«

Fast hätte ich gefragt, was genau ihm leidtat.

»Schon okay, so kam ich wenigstens zu einem leckeren Frühstück.«

»Der Müsli-Muffin ist nicht gerade das, was ich unter einem leckeren Frühstück verstehe.« Wie konnte seine Stimme nur so über Frühstück sprechen, als wäre es etwas sehr Intimes?

»Klar, sonst hättest du ihn dir ja bestellt.«

»Kann ich dich gleich zurückrufen?«

Hatte ich etwas Falsches gesagt? Wollte er nicht mehr mit mir reden? Diese Selbstzweifel brachten mich noch um den Verstand.

»Sicher. Aber wenn es dir grad nicht passt, können wir auch einfach auflegen.« Meine Stimme klang genauso beiläufig, wie ich es beabsichtigt hatte. Ich klopfte mir innerlich auf die Schulter.

»Auf gar keinen Fall. Ich muss mir nur schnell eine Hose anziehen, das Handtuch rutscht immer wieder runter.«

»Dann lass es halt rutschen.« Erschrocken schlug ich mir die Hand vor den Mund.

»Das Gespräch wird immer interessanter.«

»Interessanter als Müsli-Muffins?«

Sein raues Lachen klang angenehm in meinem Ohr.

»Oh ja, interessanter wäre es nur noch, wenn ich nicht als Einziger nahezu unbekleidet wäre.«

Seine Worte ließen ein Prickeln durch meinen Körper jagen.

»Oder wenn du ein paar Schritte nach hinten gehen würdest, nachdem du das Handtuch losgelassen hast.«

»Oh süße Annie, bist du sicher, dass du diesen Weg gehen willst?«

Nein, da war ich mir ganz und gar nicht sicher. Verdammt, was taten wir hier? Steuerten wir gerade auf Telefonsex zu? War es überhaupt Telefonsex, wenn man sich dabei sah?

»Okay, das dachte ich mir.« Cooper hatte mein Schweigen offenbar richtig gedeutet. »Überstürzen wir es nicht. Vielleicht ziehst erstmal du ein einziges Kleidungsstück aus.«

»Ein Kleidungsstück?«

»Ja, es kann eine Socke sein oder deine Hose. Es ist ein erster Schritt, ich kann es aber nicht sehen, wenn du so dicht am Fenster bleibst.«

»Wer sagt denn, dass ich eine Hose anhabe?« Meine Stimme klang nicht so cool und lasziv, wie es zu dem Gespräch gepasst hätte.

»Ich weiß es.«

»Was macht dich so sicher?«

Cooper schwieg einen Moment. Ich sah, wie er sich durch die Haare fuhr. Die Stimmung war plötzlich eine ganz andere, als Cooper mit leiser Stimme fortfuhr.

»Ich habe dich vorhin gesehen.« Mein Herz zog sich bei seinen Worten schmerzhaft zusammen.

»Du hast mich gesehen?« Meine Worte waren kaum mehr als ein Hauchen.

»Ja, du sahst traurig aus. Ich wusste nicht, ob du getröstet werden oder allein sein wolltest.«

Dass er mich so gesehen hatte, fühlte sich fast noch intimer an, als unser Gespräch. Zu intim. Natürlich konnte ich es ihm kaum zum Vorwurf machen, schließlich hatte ich ihn eben auch noch heimlich beobachtet.

»Also hast du beschlossen, mich auf andere Gedanken zu bringen?«, fragte ich, um das Thema zu wechseln.

»Das war nicht geplant, aber hat es denn funktioniert?«

»Kurzfristig«, gab ich zu.

»Soll ich doch ein paar Schritte zurückgehen, damit du nachsehen kannst, was mit dem Handtuch los ist?«

So reizvoll es vor wenigen Augenblicken noch gewesen ist, der Moment war vorbei.

»Vermutlich sollten wir diesen Weg nicht gehen.«

»Okay, dann bleibt mir nur meine Fantasie.«

»Cooper«, rügte ich ihn, als ich von oben ein Geräusch hörte. »Jimmy ist wieder da.«

»Jimmy? Etwa Dein Freund?«

»Nein, der Waschbär.«

»Du hast ihm einen Namen gegeben?«

»Mach dich nur lustig. Aber ja, das habe ich. Vermutlich wohnte er schon vor mir hier und wird auch länger bleiben als ich. Da fand ich es höflicher, wenn wir uns mit Namen ansprechen können.«

Ich hörte Coopers leises Lachen.

»Annie, er ist ein Waschbär.«

»Und deshalb hat er kein Recht auf einen respektvollen Umgang?« Meine Empörung war nur gespielt, Cooper durchschaute es sofort.

»Also schneist du in sein Leben, nur, um es auf den Kopf zu stellen und dann einfach wieder zu verschwinden?«, obwohl er über den Waschbären sprach, wünschte sich mein

Herz, er würde etwas anderes meinen. »Wenn du gehst, könntest du sein Herz brechen, Großstadtmädchen.«

10

Annie

»Guten Morgen Sonnenschein. Hier kommt dein Frühstück«, begrüßte mich Cooper am kommenden Morgen wieder vollkommen unerwartet.

»Ein Müsli-Muffin?«, rief ich in Richtung Tür, während ich mich verfluchte, da ich noch nicht geduscht und mich angezogen hatte.

»Nein, das gute Zeug.«

»Das heißt?«

»Lass mich rein, dann siehst du es.«

»Moment ich muss mich anziehen«, beeilte ich mich zu sagen.

»Oder wir machen da weiter, wo wir gestern Abend schon mal waren.«

»Nein, ganz bestimmt nicht.«

»Autsch. Womit verdiene ich mir diese harte Abfuhr?«

»Ich erinnere dich nur daran, wie du mich normalerweise siehst.« Die halbe Nacht hatte ich darüber nachgedacht, was Coopers widersprüchliches Verhalten zu bedeuten hatte. So zwischen 3 und 4 Uhr ich war zu einem Ergebnis gekommen.

»Wie sehe ich dich denn?«, fragte Cooper.

»Wie eine kleine Schwester.«

»Ich habe eine kleine Schwester, ich glaube, dass ich ihr noch nie Frühstück gebracht habe.« Die Herausforderung in seiner Stimme hörte ich sehr wohl, doch ich konnte mir darauf keinen Reim machen.

»Dann bin ich also die Lieblingsschwester.«

»Letzte Nacht war nicht sehr geschwisterlich.« Ja, das war der Punkt, über den ich am längsten gegrübelt hatte, dabei war es ganz einfach. Cooper hatte selbst davon gesprochen, dass er abenteuerlustig war.

»Du warst einfach geil, das hatte nichts mit mir zu tun. So bin ich nicht.«

»Gestern Nacht hat sich das noch anders angehört.«

»Genau das ist der Punkt. Du stehst auf Abenteuer. Das ist völlig in Ordnung, aber …«

»Annie, mach einfach die Tür auf. Ich werde mich benehmen, versprochen.«

Zögern überwand ich meine Vorbehalte und öffnete Cooper die Tür.

»Hi.«

»Hi.« Er musterte mich grinsend von oben bis unten. »Du hast keine Hose an.«

»Du wolltest dich benehmen.«

»Touché.«

Cooper hatte ein Händchen bei der Auswahl des »gutes Zeugs«. Auf den ersten Blick sah ich nicht nur Waffeln und Pancakes, sondern auch Toast, Bacon, Eier, Obstsalat und sogar meinen Lieblingskaffee. Der Küchentisch bog sich förmlich unter all dem Zeug.

Ich musste Ella bei Gelegenheit unbedingt fragen, ob man den Koch des *blue* ausleihen konnte. Andererseits wöge ich dann wohl bald eine Tonne. Dann würde Cooper meine unbekleideten Beine wohl nicht mehr mit diesem Blick ansehen. Mir war klar, dass ich mich anziehen sollte, doch ich genoss es unerwartet, dass mein Anblick im Schlafshirt Cooper aus der Fassung zu bringen schien.

»Du hast also heute früh das *blue* ausgeraubt?«, neckte ich Cooper.

»Die Idee kam mir beim Laufen.« Sein Grinsen ließ meine Knie weich werden. Verdammt. Dieser Kerl ging mir unter die Haut.

»Laufen? Laufen wie joggen? Wann bist du denn aufgestanden?«

»Ich brauche meist nicht viel Schlaf. Heute war ich nur kurz laufen und habe alles bestellt. Als ich zu Hause mit dem Duschen fertig war, konnte ich alles abholen.«

»Na toll und ich habe es bisher nicht einmal geschafft, eine Hose anzuziehen.«

»Mich stört das nicht im Geringsten.« Cooper zwinkerte mir zu, bevor er sich eine Gabel voll Pancakes in den Mund schob.

Dieser Kerl. Ich war so was von verloren.

Nachdem wir gemeinsam gefrühstückt hatten, war Cooper aufgebrochen. Auch ich musste endlich duschen und mich wieder an die Arbeit machen.

Heute Vormittag wollte ich zuerst diesen Piet aufsuchen, um ihm einige Dinge meiner Granny anzubieten. Da ich den Besitzer des Antiquitätenladens telefonisch nicht erreicht hatte, wusste ich nicht, ob er überhaupt Interesse an den Sachen hatte. Also hatte ich einfach Fotos davon gemacht, um ihm einen ersten Eindruck zu vermitteln.

Der Laden war leicht zu finden. Er lag an der Mainstreet. Da das nicht weit vom Haus meiner Granny entfernt lag, spazierte ich zu Fuß hin. Ich genoss es, dass ich hier nicht immer mein Auto nehmen musste. Zwar hatte ich nichts gegen das Autofahren, aber zu Fuß konnte ich die Umgebung genauer wahrnehmen und ich sparte es mir, einen Parkplatz suchen zu müssen.

Auf dem Schaufenster stand in großen Buchstaben »antiques« und etwas kleiner darunter »from all over the world«. Es machte einen seriösen und auch einladenden Eindruck.

Der Klang der Glocke am Eingang des Antiquitätenladens verzauberte mich. Sofort umhüllte mich der wunderbare Duft von vergangener Zeit, den ich tief in meine Lunge sog. Überwältigt sah ich mich um.

»Was kann ich für sie tun?«

Die tiefe Stimme ließ mich zusammenzucken. Ein großer Mann mit grauem Bart war aus dem hinteren Teil des Ladens gekommen und sah mich abwartend an.

»Ich ... äh ... Guten Morgen, ich bin Annie, die Enkelin von Rose Miller.«

»Rose ...« Meine Worte schienen ihn zu überraschen, er musterte mich kurz. Dann ließ seine Anspannung nach. In seine Augen trat ein überraschend sanfter Ausdruck.

»Ich bedaure deinen Verlust, Annie.«

»Danke, Sir.« Unbeholfen knetete ich meine Hände. Wie sollte ich nach der Kondolenzbekundung auf ein Verkaufsgespräch umschwenken?

»Hast du heute Zeit?« Seine Frage überrumpelte mich.

»Äh ... ja. Sicher.«

»Gut. Dann kannst du gleich hier anfangen.«

»Sir?«

»Hör auf mit dem Sir, Kindchen. Ich bin Piet. Komm her, ich zeig dir, wie die Kasse funktioniert.« Sein Charme kombiniert mit der bestimmenden Art machte es nicht leichter, das Missverständnis aufzuklären.

»Aber …«, versuchte ich es, doch er unterbrach mich, noch bevor ich wusste, was ich eigentlich sagen sollte.

»Es ist nicht schwer. Es kommen auch nicht viele Leute hier rein und ich muss gleich noch was erledigen.«

»Dann … okay.« Aus der Nummer kam ich nicht heraus und wenn ich ihm damit helfen konnte, warum nicht?

Schmunzelnd sah er mich an. Dann begann er, in einer Schublade zu wühlen, bis er etwas herausfischte. Er schrieb dann meinen Namen auf ein kleines Stück Papier. Beeindruckt stellte ich fest, dass er Kalligrafie beherrschte. Irgendwann wollte ich das auch mal lernen.

»Sophies Tochter also?«, fragte Piet.

Ich nickte. Er kannte meine Mutter? Kleinstadt, erinnerte ich mich. Die ganze Situation hier überforderte mich.

»Du wirkst ganz anders, als ich sie in Erinnerung habe.« Bei diesen Worten reichte er mir das Namensschild, das ich anstecken sollte.

»Tut mir leid.«

»Kindchen, das braucht dir nicht leid zu tun. Deine Mutter konnte ein ganz schöner Stinkkäfer sein und sie hatte immer diesen Stock im …«

»Piet, so kannst du doch nicht über ihre Mutter reden.« Perplex drehte ich mich zu der vertrauten Stimme um.

Cooper.

Was tat er denn hier?

»Außerdem, was machst du hier mit ihr? Ihre Granny ist gerade gestorben und du gibst ihr `nen Job, für den sie sich wohl kaum gemeldet hat?«

Piet grummelte etwas in seinen Bart.

Entschuldigend zog ich die Schultern hoch.

»Ich wollte eigentlich nur fragen, ob Sie sich den Nachlass meiner Granny ansehen wollen.«

»Klar, ich nehm dir ab, was du willst, wenn du dafür hier als Aushilfe anfängst.«

»Müssten nicht sie mir etwas dafür zahlen?«, fragte ich irritiert.

»Du bekommst natürlich Lohn.«

»Ich meinte eigentlich, für die Sachen.« Weshalb stellte ich mich so dumm an? Und das vor Cooper.

»Piet, du musst zu deinem Termin«, erinnerte Cooper ihn ernst. Nichts an seinem Verhalten passte zu dem Kerl, der mich vorhin noch mit Frühstück überrascht und in der Küche meiner verstorbenen Granny mit mir geflirtet hatte.

»Ach, ja. Dann …« Piet schien nicht sehr begeistert von seinem Termin zu sein.

»Ich kümmere mich um alles.«

So wie er das sagte, hatte ich fast den Eindruck, Cooper zählte mich zu diesem »alles«, um das er sich kümmern würde, dazu. Piet nickte und verabschiedete sich knapp und ging.

»Also, ich geh dann auch mal.« Unsicher sah ich Cooper an.

»Warum? Ich kann dir hier alles zeigen.« Er lächelte endlich wieder.

»Ich weiß, dass du den Job nicht willst, aber Piet braucht dringend jemanden. Sieh es als gute Tat.«

»Ich werde aber nicht sehr lange hier sein«, erinnerte ich ihn.

Cooper sah mich mit einem unergründlichen Blick an. Seine Augen faszinierten mich.

»Es ist deine Entscheidung.«

»Na gut, vielleicht kann ich ja mal einspringen, wenn ich gebraucht werde. Zumindest so lange ich hier bin.«

Cooper nickte und wandte sich der Kasse zu.

»Bisher habe ich dich nie gefragt, was du eigentlich beruflich machst«, fragte ich Cooper.

»Dies und das.«

Warum tat er das? Warum brachte er mir im einen Moment Frühstück und im nächsten hielt er mich auf Abstand. Langsam machte mich das ganz schon sauer.

»Okay, nur nicht zu viele Informationen auf einmal.«

Cooper seufzte. Er ließ die Kasse beiseite und sah mich an.

»Ich nehme mir ein Jahr Auszeit. Eigentlich studiere ich«, gab Cooper zu.

»Was studierst du?«

»Jura.«

»Ernsthaft?« Keine Ahnung, womit ich gerechnet hatte, aber Jura? Nie hätte ich ihn für einen Paragraphenreiter gehalten.

»Ja, warum nicht?« Hatte ihn meine Frage etwa beleidigt?

»Tut mir leid. Ich kann mir dich gar nicht als Anwalt vorstellen«, erklärte ich schnell.

»Meine Eltern haben beide Jura studiert.«

»Tust du es wegen ihnen?«

»Projizierst du da nicht etwas, Großstadtmädchen?«

85

Da ich spürte, dass Cooper nicht über das Thema reden wollte, hakte ich nicht weiter nach.

»Das Kassensystem ist erstaunlich modern.«

»Ich habe Piet etwas unter die Arme gegriffen, damit er mit der Buchhaltung weniger Aufwand hat.«

Was hatte Ella gesagt? Cooper sah, wo etwas zu tun war und packte es an. Vermutlich hatte sie recht damit.

Er zeigte mir alles und ließ mich dann allein vorne im Laden zurück. Neugierig sah ich mich um. Es war wie ein Raum voller Schätze. Ich konnte mich gar nicht sattsehen. Wie lange würde ich wohl brauchen, um hier alles zu erkunden? Die kleinen Porzellanfiguren erinnerten mich an Granny, solche standen überall im Haus herum. Ob sie die hier gekauft hatte?

Nachdem ich mich noch eine ganze Weile umgesehen hatte, ging ich zurück hinter die Kasse und nahm meinen Zeichenblock aus meiner Tasche. Ich versuchte, den Zauber des Ladens festzuhalten.

Es dauerte nicht lange, bis ich ganz versunken in meine Zeichnung war. Ein Rumpeln ließ mich erschrocken zusammenfahren. Ich wollte schon nach hinten eilen, da hörte ich ein Würgen. Gleich danach Coopers Stimme, wie er beschwichtigend auf jemanden einredete. Unschlüssig, was ich tun sollte, verharrte ich an der Tür.

Piet schien wieder da zu sein, aber offenbar ging es ihm nicht gut. Eine dunkle Befürchtung machte sich in mir breit.

Die Situation kam mir so privat vor, dass ich nicht wagte hineinzuplatzen und zu fragen, ob ich helfen konnte. Feige wie ich war, redete ich mir stattdessen ein, dass ich besser im Laden vorne blieb, falls Kunden kamen. Darum hatten sie mich schließlich gebeten. Kurz darauf kam Cooper nach vorne, als ob nichts gewesen wäre.

»Danke, Annie. Du kannst jetzt gehen.«

»Ich kann auch gerne noch bleiben«, bot ich zögerlich an.

»Nein, ist schon gut. Danke, dass du hier eingesprungen bist.«

Ich wurde den Eindruck nicht los, dass Cooper mich rausschmiss. Das Gefühl, ein Störfaktor zu sein, verstärkte sich. Ob Cooper mir je erzählen würde, was hier los war?

11

Annie

Das ungute Gefühl versuchte ich hinunterzuschlucken. Auf dem Rückweg zum Haus rief ich in der Bibliothek an. Sie nahm bereitwillig alle Bücher an. Ein paar hatte ich bereits für mich zur Seite gelegt. Den Rest hatte ich in Kisten gepackt, die ich nun in meinem Auto verstaute.

Kurz darauf parkte ich vor dem eindrucksvollen Gebäude. Es war größer, als ich es mir bei einer Kleinstadtbibliothek vorgestellt hatte.

Vorsichtig hievte ich den ersten schweren Karton aus dem Wagen und machte mich auf den Weg zu der großen schweren Holztür. Kaum hatte ich zweimal erfolglos versucht, sie zu öffnen, kam mir ein Passant zu Hilfe. Meine Vorurteile über Kleinstädte fielen nach und nach in sich zusammen. Ich begann, diesen Ort zu mögen. Hier schienen alle offen, freundlich und hilfsbereit zu sein, selbst zu Fremden wie mir. Cooper bildete hier wohl die Ausnahme. Unser erstes Treffen fiel definitiv nicht in die Kategorie freundlich und offen.

Die Bibliothekarin empfing mich ebenfalls mit einem herzlichen Lächeln. Laut des Namensschildes hatte ich vorhin mit ihr telefoniert. Sie wirkte trotz der ergrauten kurzen Haare weder alt noch eingestaubt. Ganz im Gegensatz, sie schien vor Energie fast zu sprühen. Möglicherweise lag das auch nur an der quietsch pinkfarbenen Bluse und der mehrreihigen Kette in Türkis.

»Sie müssen Annie sein. Stellen Sie die Kiste einfach hier seitlich ab.«

»Danke Mrs. Dunkin.«

»Oh, nicht doch. Wir haben zu danken. Über diese Bücherspende freuen wir uns sehr.« Sie drehte sich zu einer angelehnten Tür um. »Violet kannst du den Empfang im Auge behalten, damit ich helfen kann, die restlichen Bücher hereinzutragen?«

»Natürlich.« Die Antwort war so zart, dass sie fast nicht zu hören war.

Auf dem Weg nach draußen quasselte Mrs. Dunkin immer weiter.

»Unsere Violet ist arg schüchtern Fremden gegenüber, musst du wissen. Außer bei Kindern. Da kommt sie aus sich heraus. Die Kinder lieben sie sehr.«

Da ich nicht wusste, was ich darauf erwidern sollte, schwieg ich und öffnete den Kofferraum.

»Sie ist ein echtes Goldstück, also Violet. Seit sie bei uns ist, läuft alles viel runder. Der ganze Papierkram ist besser geordnet«, schwärmte sie weiter.

So jemanden könnte ich nun auch gut gebrauchen. Jedoch allein die Vorstellung, dass jemand Fremdes in Roses Papieren wühlte, gefiel mir nicht. Das musste ich schon selbst tun.

Den Nachmittag verbrachte ich damit, die Unterlagen zu sammeln und zu sortieren, auch wenn meine Gedanken immer wieder zu Cooper und Piet wanderten. Ich hätte einfach fragen sollen, was los war und wie ich helfen konnte. Für meine Feigheit schämte ich mich.

Rose hatte keine Ordnung in ihren Papieren gehabt. Die Unterlagen türmten sich vor mir auf. Noch war ich unschlüssig, ob ich sie hier lesen oder sie einpacken und mitnehmen sollte, um sie nach und nach zu sichten. Es herrschte ein heilloses Chaos. Offizielle Dokumente, Verträge, private Notizen, alles schien durcheinander zu sein. Ich versank darin, das merkwürdige Gefühl, unbefugt in fremden Dingen herum zu wühlen, half nicht gerade dabei.

Den Anruf meiner Mom ignorierte ich, auch wenn mir klar war, dass ich damit kaum Zeit gewann. Ich war immer noch sauer auf sie, auch wenn ich ihr das nie sagen würde.

Inzwischen war es bereits Abend geworden, ohne dass ich eine Entscheidung getroffen hatte, wie ich mit dem ganzen Papierkram umgehen sollte. Ich tendierte dazu, mich hier damit zu beschäftigen. Das lag zum einen an meiner Neugier, zum anderen am mangelnden Platz in meinem Wohnheimzimmer. Allerdings hieß das, dass ich länger hier wäre, als es meiner Mutter recht sein würde.

Ein Klopfen ließ mich aufschrecken. Cooper lächelte mir an der Tür entgegen. Nach seinem »Rauswurf« im Laden war ich mir nicht sicher, wie ich ihm begegnen sollte. Die Sache mit Piet schien ihm nahe zu gehen, daher beschloss ich, ihm sein Verhalten durchgehen zu lassen.

»Hi, was tust du hier?«

»Ich bring dich auf andere Gedanken.« Er sagte das, als wäre es selbstverständlich.

»Aha.«

»Komm mit.«

»Wohin?« Überraschungen waren nicht so meines. Ich wusste einfach gern, worauf ich mich einließ.

»Ich muss dir noch etwas zeigen.«

Misstrauisch folgte ich ihm. Er führte mich an seinem Haus vorbei, zu einer Doppelgarage. Er öffnete das Tor und ging auf ein schnittiges Porsche Cabrio zu.

»Rose hatte eine Schwäche für schnelle Autos.«

»Meine Granny ist damit gefahren?«

»Ja, es war schließlich ihres.«

»Es hat Rose gehört?«, echote ich ungläubig.

»Genau und nun gehört es dir. Steig ein.« Verlockend ließ er den Schlüssel in seiner Hand klingeln.

»Damit kann ich nicht fahren.«

»Gut, dann fahre ich.« Er ging um den Wagen herum und hielt mir die Beifahrertür auf. Zögernd stieg ich in den niedrigen Sportwagen.

Cooper schloss meine Tür und kam gutgelaunt um das Auto herum und ließ sich auf den Fahrersitz gleiten. Mit einem tiefen Brummen erwachte der Motor.

Mein Herz schlug wie wild.

»Rose war offenbar immer für eine Überraschung gut.«

»Das stimmt definitiv. Warte, bis wir auf dem Highway sind, da geht das Baby hier richtig ab.«

»Wo fahren wir hin?«, fragte ich zur Sicherheit.

»Nirgendwo und überall. Der Weg ist das Ziel.«

Bisher hatte ich nie in einem Sportwagen gesessen. Bald hatten wir die Stelle erreicht, an der wir uns das erste Mal getroffen hatten. Kaum zu glauben, dass das erst wenige Tage zurücklag. Fast schien es mir, ein anderes Leben gewesen zu sein. Auf dem Highway gab ich Cooper recht. Es war ein völlig neues Fahrgefühl. Die Vibration des Wagens, die

Geschwindigkeit und vor uns die letzten Strahlen der untergehenden Sonne. Der Wind blies mir kalt ins Gesicht und dennoch lächelte ich so breit, wie es nur ging. Die Zeit verlor ihre Bedeutung. Mein endlos drehendes Gedankenkarussell kam zur Ruhe. Fast war ich traurig, als Cooper eine Ausfahrt nahm, um zu wenden.

»Jetzt bist du dran.« Ich war so überrumpelt, aber auch berauscht, dass ich zustimmte. Cooper brachte offenbar meine mutige Seite zum Vorschein. Ungelenk stieg ich aus, meine Beine waren etwas wackelig. Trotzdem ließ ich mich auf dem Fahrersitz nieder. Plötzlich hatte ich Respekt vor diesem Auto. Was, wenn ich es nicht unter Kontrolle hatte?

»Du schaffst das. Achte einfach darauf, keine Enten zu überfahren.«

»Hey«, beschwerte ich mich.

»Ich bin nur froh, dass ich dieses Mal im Wagen und nicht davor bin.« Scherzte Cooper weiter.

»Auch das kann gefährlich werden, besonders für Leute mit so einer großen Klappe wie du.«

Sein Gesicht verzog sich entsetzt, aber er war ein schlechter Schauspieler, weshalb wir beide lachen mussten.

Dann ließ ich den Motor an. Selbst zu fahren, war noch besser, als nur Beifahrer zu sein. In der nächsten halben Stunde wurde mir klar, was Rose daran geliebt hatte. Es war das Gefühl der Freiheit.

Viel zu schnell waren wir zurück in Weeping Willow Creek.

»Danke, dass du mich mitgenommen hast.«

»Es ist deines, also jederzeit. Rose hatte keine Garage, daher hatte sie ihn bei mir untergestellt. Da kann er erst mal bleiben, solange du möchtest.«

Meine Mutter würde das Auto sicher verkaufen, daher hielt sich meine Freude in Grenzen. Wie cool wäre es, diesen Wagen zu behalten?

»Warte bitte kurz, ich bin gleich wieder da.« Nur Sekunden später tauchte Cooper mit einer Flasche Wein, Kräckern und einem Obstteller wieder auf.

Was hatte er nun wieder vor?

»Du hattest erwähnt, dass du dich mit deinem Mitbewohner gut stellen willst. Also habe ich etwas mitgebracht.«

Cooper war eindeutig verrückt.

»Willst du ihm den Obstteller auf das Dach stellen?«

»Nein, wir gehen hoch und schauen, ob er uns Gesellschaft leisten will.« Schon war er auf dem Weg zurück zu Roses Haus.

»Wein auf dem Dach? Bist du sicher, dass das eine gute Idee ist?«

»Wie feiert man bei euch, Großstadtmädchen?«

Erst die Fahrt, nun das. Wollte Cooper sein Verhalten von vorhin wieder gut machen? So stark die Neugierde in mir brannte, ich hielt mich weiter zurück.

Stattdessen ging ich mit ihm wieder hoch auf das Dach. Mein Herz klopfte schneller, als es der Situation angemessen war. Ihm so nahe zu sein, fühlte sich immer noch zu gut an. Mir war klar, dass es das nicht sollte.

Bevor mich der Gedanke über meinen zeitlich begrenzten Aufenthalt hier runterziehen konnte, schob ich ihn beiseite und sah hoch zu den Sternen. Wenn doch nur eine Sternschnuppe kommen würde und mir einen Wunsch erfüllen könnte.

Erst als ich diese Gedanken so vor mich hingedacht hatte, wurde mir bewusst, was ich mir wünschen würde. Ich würde mir wünschen, hierbleiben zu können. Hier in Weeping Willow Creek. Das war absurd. Ich war kaum ein paar Tage hier, mein Leben, das echte Leben, fand woanders statt.

»Gut, dass wir die Decke gleich mit hochgebracht haben«, sagte Cooper nach einer Weile. Froh, dass er mich aus diesen Gedanken herausgerissen hatte, nickte ich. Cooper hatte die Decke wieder um uns geschlungen, wir saßen eng beieinander, wie in einem Kokon.

»Stimmt, ich friere nicht, nur meine Finger sind kalt.«

»Zeig mal.«

Zögernd hielt ich ihm meine Hand hin. Was auch immer ich erwartet hatte, es war bestimmt nicht diese federleichte Berührung, mit der Cooper über meine Fingerspitzen strich. Konzentriert begann er, zarte Kreise auf meine Haut zu malen. Alles in mir prickelte, wollte nicht, dass er je aufhören würde, mich so zu berühren.

Um nicht wie hypnotisiert darauf zu starren, trank ich einen großen Schluck Wein direkt aus der Flasche. Cooper war ein Verführer, das wurde mir in diesem Moment bewusst. Die Versuchung war groß, dem einfach nachzugeben. Mich fallen zu lassen, ohne an die Folgen zu denken. Hätte es nicht diese Momente gegeben, in denen er sich verschloss, mich ausschloss. Dann wäre ich wohl verloren gewesen, Hals über Kopf, rettungslos.

Ella und der Typ, der sie so aus der Bahn geworfen hatte, kamen mir in den Sinn. Ob sie es wohl bereut hatte, sich darauf eingelassen zu haben?

Der Gedanke an Ella erinnerte mich an Coopers abwehrende Haltung, als es um diesen ominösen Club gegangen war.

»Danke, mir ist nicht mehr kalt.« Eilig zog ich meine Hand zurück. Cooper sah mir einen Moment zu lange in meine Augen und nickte dann.

»Willst du rein gehen?«

»Nein, wir können gerne noch hier sitzen bleiben.«

Seine Mundwinkel hoben sich und ich fragte mich unweigerlich, wie es wohl wäre, ihn zu küssen. Jetzt, hier unter den Sternen, auf dem Dach des Hauses meiner verstorbenen Granny. Es war verrückt. Wo kamen diese Gedanken nur immer wieder her? Und das, obwohl ich genau wusste, dass es nicht gutgehen würde. Noch ein Schluck Wein, dann reichte ich die Flasche an Cooper weiter.

Dieser Ort war ungewöhnlich. Einerseits fühlte ich mich als fremder Beobachter, als Eindringling und doch war es, als würde mich alles willkommen heißen. Mich so annehmen, wie ich war, ohne Forderungen oder Erwartungen.

Vielleicht musste ich nur mutig sein. Vielleicht war es nicht mehr an der Zeit, zu zögern oder zu hadern. Unwillkürlich dachte ich an meine Feigheit heute im Laden und fragte freiheraus.

»Piet ist krank?« Meine Stimme zitterte leicht. Ich wollte niemandem zu nahetreten. Cooper schluckte.

»Ja.«

»Geht es ihm sehr schlecht?«

Ohne seinen Blick von den Sternen abzuwenden, nickte er. Unschlüssig fragte ich mich einen Moment, ob es zu aufdringlich war, bevor ich mich dazu entschloss, vorsichtig weiter nachzuhaken.

»Er scheint dir nahe zu stehen.«

»Ja, er …« Cooper zögerte. Ich war mir nicht sicher, ob er weiterreden würde. »Er war immer schon ein Freund der Familie. Er ist wie ein Onkel für mich.«

»Tut mir leid, dass es ihm nicht gut geht.«

Cooper nickte wieder. Er nahm einem großen Schluck Wein und räusperte sich leise.

»Als ich 8 Jahre alt war, hatte meine Mutter einen Unfall. Es war furchtbar, richtig schlimm. Sie saß im Rollstuhl. Es hat lange gedauert, bis sie wieder gehen konnte.«

Mein Herz zog sich zusammen, wenn ich an den Jungen dachte, der Cooper gewesen war.

»Das war sicher keine einfache Zeit«, sagte ich behutsam und nahm Coopers Hand in meine. Sofort verflocht er unsere Finger miteinander.

»Sie war immer wieder im Krankenhaus, wurde mehrfach operiert. Es hat sie viel Anstrengung und Tränen gekostet, aber heute steht sie wieder als knallharte Anwältin im Gerichtssaal.«

»Das ist beeindruckend. Wie ging es dir dabei?« Für einen Augenblick sah ich den Schmerz in Coopers Augen. Sah die Wut, die Hilflosigkeit, das schlechte Gewissen des Gesunden. Sah all die Gefühle, die ihm zu schaffen gemacht haben mussten. Die Wucht seiner Gefühle brach mir fast das Herz. Ich hatte ja keine Ahnung, was da in seiner Vergangenheit schlummerte.

»Ich habe versucht, zu helfen. Dad kam nicht gut mit der Situation klar, ihm wuchs alles über den Kopf. Piet war unsere Rettung. Ohne ihn wäre unsere Familie daran zerbrochen. Da bin ich mir ganz sicher. Er zog kurzerhand bei uns ein und half, wo immer es nötig war. Ob es bei meinen Hausaufgaben war oder im Haushalt. Er fuhr meine Mutter zur Therapie, als sie nicht mehr in der Klinik lag und hörte meinem Dad Abend bei einem Glas Whisky zu, wenn der nicht mehr wusste, wie er alles bewältigen sollte. Die Sorge zerfraß Dad, wenn er tagsüber in der Kanzlei oder vor Gericht war. Aber er konnte natürlich nicht allem gerecht werden.«

Cooper schmunzelte unerwartet. »Eine Weile vermutete ich, dass Piet heimlich in meinen Dad verliebt war, aber hier hatte ich einen anderen Eindruck.«

»Dann hatte Piet den Laden damals noch nicht?«

»Nein. Piet war Finanzberater und hat eine Menge Kohle mit verschiedenen Investitionen gemacht. Er hat ein gutes Gespür für den Markt, was an der Börse ganz gut ist. Irgendwann hatte er aber keine Lust mehr darauf. Als es meine Mutter besser ging, zog er hierher und hat den Laden eröffnet.«

»Wow, er hat seinen gutbezahlten Job einfach aufgegeben?« Fassungslosigkeit und Faszination rangen in mir.

»Es hat ihn nicht mehr glücklich gemacht.« Cooper sagte das, als wäre das völlig logisch. Nach dem Motto: Wenn es keinen Spaß macht, hör auf damit.

Diese Logik hatte etwas so Verlockendes, dass sie mich ängstigte. Ich ließ Coopers Hand los und rutsche unruhig herum.

Je länger ich weg war vom College, desto mehr sträubte sich alles in mir dagegen, wieder dorthin zurückzukehren. Doch, es gab keinen anderen Weg, oder etwa doch?

„Und nun sitzt er hier und ist krank." Ich fragte mich, ob Piet seine Entscheidung bereute. Cooper sah mich an, sein Blick ließ mich nicht erahnen, was in ihm vorging.

»Er hat sie geliebt.«

Irritiert sah ich Cooper an.

»Rose. Piet hat sie sehr geliebt.«

»Die beiden waren ein Paar?« Piet musste ein paar Jahre jünger sein, aber das musste ja nichts bedeuten.

»Nein, oder doch. Irgendwie schon. Rose wollte sich nicht fest binden. Es war ihr wichtig, ein selbstbestimmtes Leben zu führen. In ihrem Kopf ging das einfach nicht, wenn man gebunden ist. Also ob gebunden unweigerlich ›gefesselt‹ bedeuten würde.«

Tief zog ich die kalte Nachtluft in meine Lunge und ließ sie ganz langsam wieder heraus.

»Manchmal fühle ich mich auch gefesselt«, gab ich zu. »Meine Mutter, das Studium … Alles ist schon geplant und festgelegt. Ich habe einfach keine freie Wahl.«

»Doch, du hast die Wahl. Wenn das Studium nicht das Richtige ist, dann schmeiß es hin.«

»Aber …«

»Kein aber. Was würdest du lieber machen?«

»Ich habe keine Ahnung.«

Cooper hob mein Kinn an, damit ich ihn ansah. In seinem Blick lag eine Ernsthaftigkeit, eine unumstößliche Gewissheit. »Das ist okay.«

»Aber wie soll ich denn das tun, was mich glücklich machen würde, wenn ich gar nicht weiß was es ist?«

»Wie willst du es finden, wenn du dir nicht erlaubst, danach zu suchen?«

»Bei dir klingt das alles so leicht. Vielleicht fühle ich mich deshalb so wohl bei dir.« Die Worte entschlüpften mir, bevor ich sie einfangen konnte. Mir wurde ganz heiß.

»Du fühlst dich also wohl bei mir?«, zog Cooper mich auf.

»Meistens ja.«

»Warum nur meistens?«

»Weil ich immer wieder den Eindruck habe, dass du mich gar nicht magst.«

Fassungslos sah Cooper mich an.

»Annie …«

»Na, was war denn heute im Laden? Oder zum Beispiel der Club. Du wolltest offensichtlich nicht, dass ich weiß, was das für ein Club ist.« Ich zögerte. »Ist es ein Swingerclub?«

»Nein«, Cooper lachte so laut, dass es vermutlich in ganz Weeping Willow Creek zu hören war. »Das kam vermutlich falsch rüber. Der *CLUB* ist vielleicht sogar genau das, was du brauchst.«

»Warum?«

»*CLUB* steht für Creative Lounge urbaner Boheme.«

»Okay, die Abkürzung ist definitiv weniger sperrig. Sind Boheme nicht immer urban und kreativ? Was verbirgt sich dahinter?«

»Im Prinzip ist es ein Treffpunkt kreativer Menschen. Man kann sich dort ausleben. Es gibt Kurse, Konzerte, Ausstellungen, Kochabende …«

Aha, das klang interessant, aber so richtig konnte ich mir das noch nicht vorstellen.

»Wir können zusammen hingehen, wenn du möchtest.«

Unbestimmt nickte ich, während ich mich fragte, ob es eine gute Idee war. Ich genoss es zu sehr, hier zu sein und meinem Alltag zu entfliehen.

12

Cooper

Die Nacht war unruhig gewesen. Der Grund war Annie. Immer wieder die kleine zuckersüße Annie. Diese Frau machte mich fertig. Alles an ihr zog mich an. Es machte mich fast wahnsinnig, dass ich es verbockt habe, bevor ich sie auch nur kennengelernt habe.

Nie hatte ich in so kurzer Zeit, so intensiv für jemanden empfunden. Verdammt. Eines war mir klar geworden, als ich mich heute Nacht unruhig hin und her gedreht hatte, ich konnte sie nicht einfach wieder gehen lassen. Es gefiel ihr hier. Es gab also eine Chance.

Sie neulich Abend in diesem schwachen Moment zu beobachten, hatte mein Herz gebrochen. Schlimmer war allerdings zu sehen, wie sie plötzlich eine ausdruckslose Maske aufsetzte und mit kerzengerader Haltung das Zimmer verließ. Als hätte sie sich selbst ihre eigene Trauer verboten.

Am liebsten wäre ich rüber gerannt und hätte sie in meine Arme geschlossen. Hätte sie gehalten und ihr gesagt, dass es okay ist, zu weinen. Dass es keine schlechten Gefühle gibt, sondern nur schlechte Arten, damit umzugehen. Um keine Dummheit zu machen, war ich duschen gegangen. Bei alldem was gerade auf mich einstürzt, fiel es mir manchmal nicht leicht, einen kühlen Kopf zu bewahren.

Die Autofahrt gestern war eine gute Idee gewesen, um sie ein bisschen aufzumuntern. Sie dabei zu beobachten, wie sie konzentriert und zugleich völlig losgelöst den Wagen steuerte, hatte mir wieder einmal verdeutlicht, wie angespannt sie meist war. Als müsse sie sich ständig kontrollieren und verstecken. Vermutlich machte es mir deshalb so viel spaß, sie aus der Reserve zu locken. Ob das gut war, würde sich zeigen.

Trotzdem hatte ich heute früh meine Eltern angerufen, ich musste versuchen, es in Ordnung zu bringen. Morgen würde ich zu ihnen fahren, aber jetzt machte ich mich erst mal auf den Weg, um Annie zum Frühstücken abzuholen.

Auch wenn wir nicht verabredet waren, hatte ich den Eindruck, dass sie auf mich gewartet hatte. Fast bedauerte ich es, dass sie schon angezogen war, als ich zu ihr rüberkam. Gemeinsam schlenderten wir zum Café.

Ellas Augen funkelten schon wieder vor Neugier, als wir zusammen reinkamen. Aber das war mir egal. Schlussendlich ging es nur Annie und mich etwas an. Aber so weit war ich noch nicht. Erst musste ich diese Sache klären.

Heute steuerte ich zur Sicherheit eine der Nischen an und nicht die Theke, so konnte ich in Ruhe mit Annie reden, ohne auf Ellas Kommentare zu achten. Nachdem wir unser Essen bestellt hatten und Ella nicht mehr in Hörweite war, informierte ich Annie, dass ich für ein paar Tage wegmusste.

»Oh.«

»Ich muss was Wichtiges regeln, das kann ich leider nicht aufschieben.«

»Okay.« Sie sagte das leichthin. Wäre die Enttäuschung nicht deutlich an ihrem Gesicht abzulesen gewesen, wäre ich vermutlich endgültig verzweifelt.

Mir war nicht entgangen, wie sie mich manchmal ansah. Dieser Blick hatte es in sich. Oh Mann. Ich konnte ihr Interesse sehen, doch genauso deutlich nahm ich es wahr, wenn sie sich zurückzog. Ganz offensichtlich hatte sie Übung darin, sich in sich selbst zu verkriechen, sich abzukapseln und andere auszuschließen. Mir war nur nicht klar, weshalb sie das tat.

»Hey, du hast gestern im Laden deinen Block liegen lassen.«

Stirnrunzelnd sah sich mich an und griff nach der großen Tasche, die sie immer mit sich herum schleppte.

»Doch, es stimmt. Ich kann ihn dir nachher vorbeibringen, wenn du willst. Deine Zeichnung vom Laden ist übrigens fantastisch.«

»Ach, quatsch. Trotzdem würde ich mich freuen, wenn ich den Block zurückbekommen könnte.«

»Piet würde sie dir gerne abkaufen.«

»Nein!« Annie wich meinem Blick aus. Interessant. Das Zeichnen bedeutete ihr also wirklich viel. Kein Wunder, sie war begabt.

»Natürlich erst, wenn sie fertig ist.«

»Ich äh … Das geht nicht. Das habe ich nur so dahin gekritzelt.«

»Sei nicht so bescheiden. Die Zeichnung ist wirklich beeindruckend.«

»Du Schleimer.«

Offenbar konnte sie nicht sehen, was ich sah. Weshalb wehrte sie sich nur so gegen das Kompliment?

102

»Wenn du mir nicht glaubst, dann gehen wir nach dem Frühstück einfach zu Piet. Ich muss eh mit Madame Gassi gehen?«

»Madame?«

»Ja, Piet hat eine Dackeldame. Sie war schon als Welpe eine richtige Diva, daher der Name.«

»Oh, ein Dackel. Die sehen meist so niedlich aus.« Annies Augen leuchteten vor Begeisterung.

»Sie vermisst Keating. Die beiden sind beste Freunde.«

»Keating?« Sie sah mich ratlos an. »Der Papagei«, erklärte ich.

»Oh, der mag mich nicht. Er ignoriert mich meistens.« Die leichte Röte, die sich auf ihre Wangen schlich, war bezaubernd.

»Oh nein, nimm es nicht persönlich. Bestimmt vermisst er nur Madame und natürlich auch Rose.«

»Der arme Kerl.«

»Piet hat überlegt, ob er Keating aufnehmen könnte, sofern es dir recht ist, aber …« Ich schluckte. »Die Umstände sind dafür im Moment wohl nicht optimal.«

Annie legte ihre Hand auf meine. Ein stummer Trost, der besser half, als alle Worte auf der Welt.

Ella kam mit unserem Frühstück zurück. Ihr Blick fiel auf unsere Hände. Dass sie sich eines Kommentars enthielt, rechnete ich ihr hoch an. Annie zog ihre Hand trotzdem schnell weg und machte sich an ihrem Porridge zu schaffen. Wer aß so etwas denn gerne? Mir war das unbegreiflich.

»Willst du Keating vielleicht aufnehmen?«, fragte Annie zögernd.

Ihre Frage überrumpelte mich. Ich zuckte mit den Schultern. So eine Entscheidung sollte nicht leichtfertig getroffen werden. Ich kannte Keating, ich hatte mich um ihn gekümmert, bis Annie hier aufgetaucht war. Genug Platz für die riesige Sommervoliere hätte ich im Garten, aber ihre Frage zeigte mir, dass die Zeit lief. Was, wenn ich nicht rechtzeitig zurückkam? Inzwischen sah es im Haus schon wesentlich leerer aus, besonders die Wände. Alle Bilder waren abgehängt worden. Die meisten Figuren und der ganze Kram, den Rose so sehr gemocht hatte, waren verpackt. Kisten begannen sich zu stapeln. Lange würde es sicher nicht mehr dauern.

»Heute seid ihr nicht gerade gesprächig. Alles okay?«, wollte Ella wissen, als sie an unserem Tisch vorbeikam.

»Na klar«, antwortete Annie für uns beide.

»Hat sich deine Mom nochmal gemeldet?«, fragte Ella.

»Ja, gestern Abend, aber den Anruf habe ich verpasst. Und ups, ich habe mich noch nicht zurückgemeldet.« Annie zuckte mit den Schultern. Bisher hat sie mir nicht viel von ihrer Familie erzählt, aber das klang nicht sehr begeistert.

»Was ist das Problem?«, fragte ich.

Annie seufzte und fuhr sich mit beiden Händen durchs Gesicht.

»Wenn es nach meiner Mom ginge, wäre ich schon fertig und zurück in Yale.«

»Wenn du Hilfe brauchst, sag einfach Bescheid«, bot Ella an.

»Wenn du jemanden brauchst, der dich ablenkt, damit du noch etwas länger hier bist, dann sag mir Bescheid.«

Annie und Ella lachten.

»Oder du bleibst einfach hier. Ich werde bald ein Theaterstuck aufführen, es wäre so cool, wenn du bleiben würdest.«

»Leute ihr seid süß, aber das geht doch nicht.«

»Es liegt bei dir.« Ich wurde nicht müde, ihr das zu sagen. Mir war unbegreiflich, weshalb sie das nicht selbst sah. Was musste ihre Mutter für ein Mensch sein, dass ihre Tochter selbst jetzt, als Erwachsene noch so auf die Anerkennung hoffte.

Annie sah mich an und ich wusste, dass sie nicht einmal ernsthaft darüber nachdachte. Verdammt, ich musste einen Weg finden. Ich konnte sie nicht verlieren, kaum dass ich sie gefunden hatte.

»Ella, ich kann mir doch zumindest noch eine Theaterprobe ansehen. Also falls das okay ist.«

»Eine großartige Idee, nicht so großartig, wie hierzubleiben, aber ich nehme, was ich kriegen kann, liebe Freundin.«

Bis eben war mir nicht aufgefallen, dass sich die beiden angefreundet hatten. Klar hatte Ella gesagt, dass sie Annie sympathisch fand, aber das war noch besser. Annie sollte sich hier wohlfühlen.

Ein kleiner Spaziergang mit Madame durch das hübsche Städtchen war sicher eine gute Idee. Man musste Weeping Willow Creek einfach lieben.

13

Annie

Kurz darauf holten Cooper und ich Madame zu einem Spaziergang ab. Ihr langes braunes Fell war kuschlig weich. Die Dackeldame war so hübsch, dass sie überall die Blicke auf sich zog. Vielleicht lag es auch an dieser bezaubernden Kleinstadt. Alle Leute grüßten und lächelten uns offen an. Sie hießen mich willkommen, obwohl ich eine Fremde war. Ob es daran lag, dass ich in Coopers Begleitung war oder ob das hier einfach so war, konnte ich nicht sagen.

Immer noch faszinierte es mich, wie grün hier alles war. Die Natur schien hier ein fester Bestandteil des Ortes zu sein. Der Platz vor dem Rathaus war von Bäumen umringt, vor dem Rathaus standen große Kübel, die mit bunten Blumen bepflanzt waren.

Cooper führte mich zu einem kleinen Weg seitlich des Rathauses.

Hier standen merkwürdige Schränke herum, die meine Neugier weckten.

In dem Ersten waren Bücher. Ein System war jedoch nicht ersichtlich.

Im Zweiten lagen Lebensmittel.

Im Dritten gab es nur ein Display, auf dem eine Kommode und ein Pullover abgebildet waren. Was war das hier nur?

»Was ist das alles hier?«

Nachdem er Madame dazu gebracht hatte, Sitz zu machen, sah er mich wieder an.

»Eine Tauschbörse.« Cooper schmunzelte über mein ratloses Gesicht. »Es geht um Nachhaltigkeit. Diese Sachen wurden nicht mehr gebraucht und daher gespendet.«

»Auch das Essen?«, wollte ich irritiert wissen.

»Ja, wenn du beispielsweise noch Tomaten hast, die du nicht benötigst, bringst du die einfach hierher, solange sie noch frisch sind. Es gibt einen Bereich für gekühlte Sachen und einen für ungekühlte. Natürlich kannst du dir auch was herausholen, wenn du Verwendung dafür hast.«

»Das finden der Supermarkt und der Buchhandel sicher nicht so toll.«

»Der Supermarktinhaber war sogar ein Mitinitiator. Er war es leid, dass so viele Lebensmittel entsorgt werden müssen, die noch völlig in Ordnung sind. Meist werden die Stationen von Leuten genutzt, die wenig Geld haben. Glaub mir, es wird immer noch mehr als genug konsumiert. Manche kaufen sogar mehr, weil sie die alten Sachen spenden können und sich dann mit gutem Gewissen öfter was Neues gönnen.«

»Was hat es mit dem Dritten auf sich?«

»Möbel und Kleidung haben hier keinen Platz. Doch man kann sich hier in Ruhe alles auf dem Bildschirm ansehen und auch reservieren. In der Nähe ist ein altes Kaufhaus, das keinen Mieter mehr gefunden hat, seit es die neue

Mall im Nachbarort gibt. Dort kann man mit einem Abhol-
schein hingehen und bekommt die ausgewählten Sachen.«

»Das ist völlig verrückt. Woher kommen die Sachen? Ich
kann mir nicht vorstellen, wer das nutzt.«

»Seltsam, dass es gerade für dich so verrückt klingt. Du
hast doch auch die Bücher und die Textilien deiner Granny
gespendet.«

»Die Sachen sind hier gelandet?«

»Indirekt ja. Natürlich behält die Bibliothek alles, was sie
brauchen kann, der Rest kommt hierher. Die Textilien werden in die Wäscherei gebracht. Alles, was nicht mehr zu
verwenden ist, wird entsorgt oder weiterverarbeitet. Der
Rest wird gereinigt und katalogisiert.«

»Wow. Das ist irgendwie schön. Es hat keine Wühltisch-
Atmosphäre. Es wirkt modern und ansprechend.«

Cooper lächelte mich an. Fast kam es mir vor, als wäre
er stolz auf diese Stationen. Und ich musste es zugeben, sie
verliehen diesem kleinen Städtchen einen fortschrittlichen
Charme.

»Brauchen Sie noch eine Gute-Nacht-Lektüre, Madame?«, fragte Cooper in bester Butlermanier und schaute
mich aus der angedeuteten Verbeugung an. Madame bellte
prompt, als sie vermeintlich ihren Namen hörte. Cooper
und ich lachten. Ich ging in die Knie und streichelte sie
hinter dem Ohr.

»Sie mag dich.«

Erfreut streichelte ich nochmal über das weiche Fell,
dann stand ich wieder auf.

»Danke, dass du mir das gezeigt hast, Cooper. Und auch
den Rest des Stadtkerns«

»Gefällt es dir hier?«

»Fast zu gut.«

Zurück zu Hause machte ich mir zuerst meinen Tee und dachte über dieses bezaubernde Städtchen nach. Es war so anders, als in einer großen Stadt. Hier war alles ruhiger, also nicht nur der Straßenlärm, sondern auch die Leute strahlten hier weniger Hektik aus. Einen Fremden anlächeln, das wäre mir zu Hause im Leben nicht in den Sinn gekommen. Im Blumenladen hat Madame Wasser bekommen und ich eine Kornblume. Sie hatte ein intensives Blau. Das gab es in der Natur wirklich selten. Nun stand sie hier vor mir auf dem Tisch in einem Glas, das ich als Vase verwendete. Gefiel mir der Ort so gut oder kam ich hier zur Ruhe, weil mir mein Alltag so weit weg vorkam.

Vorsichtig nippte ich an meinem Tee und wusste nicht so recht, woher die Melancholie so plötzlich kam. Gerade war ich noch mit Cooper in der Sonne spazieren und hatte mich ein Stück mehr in diesen Ort verliebt. Und nun?

Vermutlich war es das. Es war zu schön hier. Ich wollte nicht, dass es endete.

Seufzend griff ich nach meiner Tasse und stellte mich der Realität. Nun musste ich mich endlich daran machen, die Unterlagen zu sichten. Das hatte ich lange vor mir herge- schoben. Zuerst legte ich die Kontoauszüge ordentlich ab, sortierte Rechnungen und legte private Notizen erst mal zur Seite. Verwundert stellte ich fest, dass meine Granny ziem- lich vermögend gewesen war. Wieder etwas, dass ich auf Grund der Äußerungen meiner Mutter nie vermutet hätte. Immer hatte sie betont, dass sie alles aus eigener Kraft er- reicht hatte. Sie hatte sich nach oben gekämpft und legte besonderen Wert darauf.

Vielleicht war Granny erst später zu Geld gekommen oder war das eine weitere Lüge meiner Mom? Wieder wurde mir bewusst, wie wenig ich über Rose wusste.

Neugierig nahm ich ein altes Notizbuch in die Hand. War es legitim Tagebücher von Verstorbenen zu lesen?

Cooper hatte so von Granny geschwärmt, dass ich unbedingt mehr über sie erfahren wollte. Diese Bücher wären eine Möglichkeit.

Auch wenn es sich verboten anfühlte, öffnete ich das Buch. Die Handschrift war gut leserlich, an manchen Stellen jedoch so stark verblasst, dass man nur erahnen konnte, was dort stand.

Vorsichtig blätterte ich durch die Seiten.

03.04.1972 Clarksville, AR

Das kann doch nicht alles sein. Nur weil ich eine Frau bin, kann mein Leben doch nicht nur noch aus Wäsche, Kochen und Kinder bespaßen bestehen. Staubwischen, Windeln wechseln, Small Talk halten, dabei immer adrett aussehen. Ein Tag ist wie der andere. Ich fühle mich zugleich über- und unterfordert. Andere scheinen glücklich damit zu sein. Mir reicht das nicht.

Abends kommt Hugh dann von der Arbeit heim, schlechtgelaunt und ewig unzufrieden. Immer findet er etwas, das ihm nicht passt, nicht gut genug ist.

Meine Mutter hatte nie von ihrem Vater gesprochen, genauso wie von meinem. Mit angehaltenem Atmen las ich weiter. Die Unzufriedenheit meiner Großmutter steigerte sich. Sie fühlte sich gefangen und einsam. Es fiel mir schwer, diese Einträge einer jungen unglücklichen Frau mit dem in

Einklang zu bringen, was ich inzwischen über meine Granny wusste.

09.03.1972 Clarksville, AR

Hugh will unbedingt einen Jungen, einen Stammhalter. Sophie ist 9 Monate alt und schon will er unbedingt das nächste Kind. Dabei sieht er Sophie gar nicht. Sie ist ihm nur im Weg, genau wie ich. Wir sind geduldete Gefangene.

Eifrig überflog ich die weiteren Einträge. Alle waren ähnlich, bis sich auf einmal etwas änderte. Irgendetwas an den Gedanken meiner Granny schien dem permanenten Druck entfliehen zu wollen.

17.04.1972 Clarksville, AR

Ich hatte einen Traum, er war so real. Trotzdem sind mir nur wenige Eindrücke im Gedächtnis geblieben. Barfuß lief ich über weichen Sand. Mein langer Rock flatterte leicht im Wind. Sophie lachte vergnügt. Es war vor allem dieses Gefühl der Freiheit, das Gefühl, das alles möglich war, das mir von dem Traum geblieben ist.

Wieder ein Eintrag, der mit ich begann.

26.04.1972 Clarksville, AR

Ich kann und ich werde es nicht mehr ertragen. Keiner außer mir kann über mein Leben bestimmen. Auch nicht Hugh, ich entziehe ihm die Macht dazu.

Die nächsten Einträge überflog ich wieder. Sie wurden immer kraftvoller, fast kämpferisch.

07.06.1972 noch Clarksville, AR

Ich werde frei sein. Meine Kleine wird mit der Gewissheit aufwachsen, dass man auch als Frau alle Möglichkeiten im Leben hat.

Unwillkürlich fragte ich mich, was meine Mutter beim Lesen dieser Zeilen empfinden würde. Allerdings hatte ich nicht den Hauch einer Ahnung. Ich schluckte schwer, als mir bewusst wurde, wie traurig das war.

21.06.1972 Bakersfield, CA

Kalifornien ist beeindruckend. Die Farben, die Menschen, die Freiheit. Es war gut, dass ich mich Rachel und John angeschlossen habe, um hierherzukommen. Dass sie mich auf der Durchreise nach einem Motel gefragt hatten, war wohl Schicksal. Lange habe ich nicht gezögert, diese Chance zu ergreifen. Rachel ist ganz vernarrt in Sophie.

Ich blätterte weiter und las wahllos Notizen, die mir ins Auge fielen.

27.06.1972 Fresno, CA

Sophie ist ein schwieriges Kind. Ich will ihr die Welt zeigen und sie versteckt sich immer zu.

Ich werde sie bei Cha und Jen lassen und erstmal ohne sie weiterreisen.

In San Francisco wartet eine spirituelle Reise auf mich, vermutlich würde ihr das nicht gefallen.

Langsam verstand ich meine Mom. Sie war so früh aus ihrem gewohnten Umfeld gerissen worden. Dann hatte selbst ihre Mom sie bei Fremden zurückgelassen. Mit einem unguten Gefühl in der Magengegend las ich weiter.

03.07.1972 San Francisco, CA

Sophie weint die ganze Zeit, wie Jen mir am Telefon erzählt. Ich hoffe, dass sie sich bald fängt. Hier ist es fantastisch. Ich fühle mich so schwerelos und inspiriert. Wer braucht schon einen Mann, wenn das Leben so viele Möglichkeiten zu bieten hat.

Da mein Bein kribbelte, als würden eine Million Nadeln rein piksen, stand ich vom Boden auf. Langsam humpelte in die Küche und machte mir noch einen Tee. Bis das Wasser kochte, schaute ich nach Keating, der mich wie gewohnt ignorierte.

»Vermisst du Rose?«

»Rose. Rose«, krächzte er.

»Ja, das kann ich verstehen. Selbst ich vermisse sie, obwohl ich sie kaum kannte.«

Keating verdrehte den Kopf und ignorierte mich wieder. Mit diesem Vogel wurde ich wohl nicht warm. Cooper hatte mir gesagt, dass er im Sommer immer hinten im Garten in einer viel größeren Vogelvoliere gewohnt hatte. Hoffentlich würde ich bald ein schönes Plätzchen für ihn finden.

Als das Wasser kochte, machte ich den Tee fertig und schnappte mir das Tagebuch.

12.07.1972 Irgendwo in Wyoming

San Francisco habe ich hinter mir gelassen. Sophie scheint mich nicht vermisst zu haben. Trotzdem nehme ich sie mit Richtung New York, dort gibt es neben Batik- auch Makrameekurse. Das gefällt ihr vielleicht. Zudem soll es bald ein großes Musikfestival geben.

War Granny etwa bei Woodstock gewesen? Nein, meine Mutter war erst danach geboren worden. Erst jetzt viel es mir auf. Meine Granny ist offenbar ein Hippie gewesen.

Das Buch war zu Ende, das Nächste, das ich aus dem Stapel zog, war Jahre später geschrieben worden. Etwa zu der Zeit, als ich das letzte Mal hier war. Bevor ich mich fragen konnte, ob ich chronologisch vorgehen sollte, las ich bereits weiter.

28.07.2013 Weeping Willow Creek, NC

Sophie wirft mir vor, dass ich nicht für sie da war, als sie klein war. Sie meint, ich wäre egoistisch und wolle Annie nun die gleichen Flausen in den Kopf setzen.

Wir hatten einen riesigen Streit. Sie hat Annie geschnappt und ist einfach abgefahren, obwohl meine Sommerzeit mit der Kleinen noch nicht vorbei ist. Sophie war schon immer sehr gradlinig. Annie sprüht dagegen vor Neugier und Kreativität. Hoffentlich wird sie ihr das nicht nehmen. Die Kleine ist so bezaubernd und klug. Sie ist das Beste, was Sophie je gelungen ist.

Zu lesen, wie meine Granny mich gesehen hatte, was sie über mich gedacht hatte, ließ einen ganzen Cocktail an Gefühlen in mir entstehen. Schnell wischte ich mir über meine Wange, bevor eine Träne die Schrift für immer verwischen würde. Ich atmete tief ein und blätterte weiter. Den nächsten Eintrag hatte Rose seltsamerweise erst Wochen später geschrieben.

02.09.2013 Weeping Willow Creek, NC

Die dunklen Schwingen tragen mich davon. Es ist mir egal. Die Schwere meiner Untätigkeit erdrückt mich fast, ohne dass ich etwas dagegen unternehme.

Was hatte das zu bedeuten? Der nächste Eintrag bestand nur aus einem Wort, ohne Datum.

Raben

Wochen später der Nächste.

27.09.2013 Weeping Willow Creek, NC
Immer mehr Raben. Sie zeigen mir den Weg. Den Weg aus meiner eigenen Dunkelheit.

Dann kamen die Einträge wieder regelmäßig, zu ganz alltäglichen Themen. Verwirrt blätterte ich ein paar Seiten weiter. Bis ich wieder auf Raben stieß. Was hatte das zu bedeuten?

18.01.2014 Weeping Willow Creek, NC
Es scheint eine neue Rabenzeit anzubrechen. Ich habe es nicht kommen sehen.

Ein Klopfen riss mich zurück in die Gegenwart. Erschrocken zog ich Luft in meine Lungen und drehte mich in Richtung der Haustür. Cooper.
Ich riss die Tür auf und überfiel ihn ohne eine Begrüßung mit der erstbesten Frage.
»Wie gut hast du Granny gekannt?«

115

»Ganz gut«, verhalten sah er mich an. Verheimlichte er etwas vor mir?

»Was hat es mit den Raben auf sich?«, fragte ich frei heraus.

»Warst du im Gartenschuppen?« Seine Stimme klang betont neutral. Also wusste er mehr.

»Nein, weshalb?« Misstrauen war ein schlimmes Gift. Es breitet sich rasend schnell in allen Gedanken aus.

Cooper zögerte. »Komm mit, Annie.«

Er nahm meine Hand und zog mich mit sich durch das Haus, hinaus in den Garten, bis wir vor dem Schuppen ankamen. Bisher hatte ich mich so auf das Haus fixiert, dass ich noch nicht hineingesehen hatte. Es war ein einfacher, kleiner Holzschuppen. Ich hatte angenommen, dass sich nur Garten-Werkzeug dort drinnen befand.

Cooper deutete mir, die Tür zu öffnen. Nur eine Sekunde zögerte ich, dann gewann meine Neugierde gegen die diffuse Angst, die ich auf einmal empfand.

Es so dunkel, dass meine Augen einen Augenblick brauchten, um sich daran zu gewöhnen. Staub tanzte in der Luft. Cooper machte das Licht an. Dann sah ich es.

An allen Wänden waren Regalbretter angebracht worden, von der Decke bis zum Boden. Und sie waren voller Raben. Unwillkürlich trat ich einen Schritt zurück und stieß dabei gegen Cooper. Er legte mir beruhigend die Hände auf meine Schultern. Manche Raben saßen friedlich da, andere hatten die Flügel bedrohend erhoben. Jeder war einzigartig.

Was hatte das zu bedeuten?

Woher kamen all die Raben?

Langsam drehe ich mich zu Cooper um. Wir standen so dicht voreinander, dass ich den Kopf heben musste, um ihm in die Augen zu sehen. Ich konnte nur hoffen, dass er die Fragen in meinem Blick sah, denn ich hatte keine Worte in mir, um sie zustellen.

»Rose war ein sehr besonderer Mensch, kreativ und weise. Man sah es ihr nicht an, aber sie hatte diese Phasen.«

»Diese Phasen?«, wiederholte ich seine Worte, ohne etwas zu begreifen. Mein Herz schlug unruhig in meiner Brust. Ich spürte, dass ich nun etwas erfahren würde, dem ich nicht gewachsen war. Trotzdem deutete ich Cooper, fortzufahren.

»Sie nannte sie Rabenzeit.« Cooper mied meinen Blick. »Manchmal saß sie tagelang nur da und tat nichts. Es kam vor, dass sie das Essen und Trinken vergaß. Immer wenn diese Phasen endeten, kam sie hierher und schuf ihre Raben.«

»Sie hat die gemacht? Rose?«

»Ja.«

»Alle?« Mein Herz zog sich zusammen, als ich langsam zu begreifen begann.

»Ja.« Es waren unzählige. Langsam drehte ich mich im Kreis, versuchte, das Ausmaß zu begreifen.

»Sie hat sie auch verkauft, sogar international. Manche Galerien wollten feste Verträge mit ihr, aber Rose ließ sich nicht binden.« Sein Lächeln war nachsichtig, aber liebevoll. »Sie war schon sehr speziell.«

»Meine Mutter hat nie über sie geredet.« Meine Stimme zitterte, weil ich überlegte, ob meine Mutter davon wusste. Der Gedanke war unerträglich.

»Ich weiß.« Cooper schluckte. »Nachdem deine Mutter dich damals mitnahm und Rose den Kontakt mit dir verbot, hatte sie ihre erste Rabenzeit.«

Unzählige Emotionen stürzten über mir zusammen. Es waren so viele, dass ich sie nicht benennen konnte. Fast befürchtete ich, keine Luft mehr zu bekommen, mein Hals wurde eng. Ich schloss meine Augen, als ob diese düstere Wahrheit dadurch verschwinden würde.

Ich war nicht hier gewesen, war nicht für sie da gewesen.

Eine einzelne Träne rollte langsam meine Wange hinab. Cooper schlang, ohne zu zögern, seine Arme um mich. Er sagte kein Wort. Hielt mich einfach, damit ich nicht auseinanderbrach und der Wind meine Einzelteile mitnahm, bis nichts mehr von mir übrig war.

Immer mehr Tränen flossen, ohne, dass ich sie aufhalten konnte. Meine Kehle brannte.

Mom und ich. Wir hatten sie im Stich gelassen. Hatten uns umgedreht und Rose zurückgelassen.

Mein Wimmern durchbrach die Stille. Cooper streichelte beruhigend meinen Rücken, zart küsste er mein Haar. Ein Schluchzen entfuhr mir.

Mist.

Es tat weh, in meinem Herzen, in meiner Kehle. Weitere Schluchzer erschütterten mich.

Die Schuld erdrückte mich.

Cooper war hier gewesen. Er hatte Rose besser gekannt als ich und nun tröstete er mich. Das war nicht richtig. Unwillkürlich löste mich von ihm.

»Danke. Es geht schon wieder.« Schnell wischte ich mir die Tränen aus dem Gesicht.

Cooper griff wieder nach meiner Hand.

»Komm, ich will dir was zeigen.«

»Sei mir nicht böse, aber ich denke, ich habe heute keine Kraft mehr für weitere Überraschungen.«

»Es wird dir gefallen. Vertrau mir.«

Ich sah in Coopers Augen und nickte schließlich.

Er führte mich zu seinem Wagen. Öffnete mir die Tür und fuhr erst los, als ich mich angeschnallt hatte. Die Sonne stand tief am Himmel. Wie betäubt wurde mir bewusst, dass es bereits später Nachmittag sein musste. Wo war die Zeit nur hin?

Langsam setzten sich die neuen Informationen und ich konnte darüber nachdenken. Meine Granny war offensichtlich tatsächlich keine sehr gute Mutter gewesen. In dem Punkt gab ich meiner Mom recht. Aber es war eine andere Zeit gewesen. Rose hatte es gut gemeint, dabei jedoch nicht bemerkt, welche Bedürfnisse ihre Tochter wirklich hatte. Damit hatte sie schlussendlich erreicht, dass sie langfristig nicht nur ihre Tochter, sondern auch ihre Enkelin verlor.

Und meine Mutter. Mein Herz brach, wenn ich an das einsame Kind denke, dass sie gewesen sein musste. Sie klammerte sich selbst heute als erwachsene Frau noch so sehr an selbstauferlegte Regeln, die ihr vermutlich den Halt gaben, den sie in ihrer Kindheit so schmerzlich vermisst hatte.

Ich atmete tief durch und schaute aus dem Fenster. Was für ein Schlamassel.

Mir wurde bewusst, dass es auf gewisse Weise alles änderte und andererseits hingegen gar nichts. Auch wenn ich meine Mutter nun besser verstand, änderte es nichts für mich und meine Situation. So wie sie den Kontakt zu ihrer eigenen Mutter abgebrochen hatte, so konnte sie auch den Kontakt zu mir abbrechen, wenn ich Yale sausen ließ.

Manchmal war das Leben echt mies.

Erst als Cooper den Wagen parkte, nahm ich die Außenwelt wieder wahr. Ich war ihm dankbar, dass er mir die Zeit ließ, die ich gebraucht hatte.

Nun sah ich mich neugierig um. Wir hatten Weeping Willow Creek verlassen. Hier gab es nur Wiesen, Büsche und Bäume. Der Himmel spannte sich hell und fast wolkenlos weit über uns. Theoretisch ein wirklich schöner Tag. Zart strich ein kühler Luftzug über meine Haut. Man konnte Insekten summen hören, so still war es hier.

»Wir sind gleich da.« Cooper nahm einen Rucksack und eine Decke vom Rücksitz.

Kaum waren wir um eine Biegung gelaufen, sah ich einen See, der glitzernd vor uns lag.

Eine schwache Erinnerung zupfte an mir. Hier war ich schon mal. Es war der See, in dem ich mit meiner Granny gebadet hatte, als ich ein kleines Mädchen war. Es war wunderschön hier. Das goldene Licht der Sonne wärmte mein Inneres.

14

Cooper

Es hatte mich tief in meinem Inneren erschüttert, Annie so traurig und verloren zu sehen. Ich hätte es ihr sagen müssen, sie langsam vorbereiten, damit der Schock nicht so tief saß. Doch das hatte ich verpasst. Ich konnte dem Schicksal nur danken, dass ich zufällig da war, um sie aufzufangen. Dass es ihr so zusetzen würde, hätte ich nie vermutet. Sie wirkte oft so beherrscht, dass man die ganzen Emotionen kaum erahnen konnte, die in ihr schlummerten.

Auch dieses Mal hatte sie fast wie auf Befehl aufgehört zu weinen, dabei hätte ich sie einfach für immer weiter gehalten und ihr Trost gespendet. Da sie das wohl nicht wollte, hatte ich sie hierher an den See gebracht. Hier kam sie zur Ruhe, so wie ich es mir erhofft hatte. Zusehen, wie sich ihre Gesichtszüge entspannten und ihre Lippen schon fast wieder lächelten, berührte etwas tief in mir. Rose hätte Annie sehr geliebt.

»Ich weiß, dass es dir nahe geht, was du vorhin erfahren hast«, sagte ich leise, als wir eine Weile schweigend am Ufer gesessen hatten.

»Wie könnte es das nicht? Ich meine, sie ist meine Granny. Ich war nicht für sie da. Nie habe ich mich bei ihr gemeldet. Habe das Kontaktverbot meiner Mutter einfach nie hinterfragt. Ich hätte … ich weiß auch nicht. Ich hätte für da sein sollen.«

»Annie, sie hat sich damit arrangiert.« Ich sah ihr tief in die Augen, damit sie sah, dass es die Wahrheit war. »Rose nahm die Rabenzeit an, als einen Teil von ihr.«

»Was? Aber wie …«

»So war Rose. Sie hat nicht mit dem Schicksal gehadert. Wenn ihr etwas nicht passte, hat sie es geändert oder wie in diesem Fall akzeptiert. Genau wie sie akzeptiert hat, dass sie deine Mutter und dich schon vor Jahren verloren hat.«

»Wollte sie keine Versöhnung? Hat sie es nie versucht?«

»Deine Mutter kann sehr stur sein. Rose hat ihren Frieden damit gemacht.«

»Wenn du all das weißt, musst du sie sehr gut gekannt haben.«

»Direkt nach der High School bin ich hier gezogen, um bei Piet zu leben. Das College hier hat einen guten Ruf, meine Eltern haben es akzeptiert. Sie lieben mich, aber sie leben beide für ihren Beruf. Auch wenn ich Jura studiere, will ich nicht, dass der Beruf mein Leben so sehr bestimmt. Rose hat mir dabei geholfen, das zu erkennen. Ich kann mich für mehr Gerechtigkeit in der Welt einsetzen, kann aber frei entscheiden, wie viel ich dafür bereit bin, zu geben.«

»Also wart ihr jahrelang Nachbarn.«

»Ja, es ist Piets Haus. Als er krank wurde, war es für ihn einfacher in die Wohnung über dem Laden zu ziehen.«

»Fühlt sich das Haus manchmal leer an?«

»Am Anfang manchmal. Rose hatte jedoch ein Näschen dafür und hat mich abgelenkt.« Bei der Erinnerung daran musste ich lachen. Sie hat sich immer irgendwas für mich einfallen lassen. Sogar zum Cookiebacken hat sie mich gezwungen. Aber das behielt ich erstmal für mich, vielleicht konnte ich Annie damit einmal überraschen.

»Tut mir leid, dass du sie verloren hast.« Überrascht sah ich Annie an. In diesem Moment erinnerte sie mich an Rose, wenn sie fast salopp eine Weisheit aus dem Ärmel schüttelte. Sie war die Enkelin, aber auch ich hatte Rose verloren. Also nickte ich dankend.

»Als Piet krank wurde, habe ich das Studium auf Eis gelegt, um ihn besser unterstützen zu können.« Rose war auf ihre Art für ihn da gewesen, solange sie lebte.

»Das ist sehr besonders. Wirklich Cooper. Vor allem ist es nicht selbstverständlich. Du bist einer von den Guten.«

Wenn sie nur wüsste, wie sehr sie sich damit irrte. Mein Magen zog sich schmerzhaft zusammen.

Annie blickte auf das Wasser. Die letzten Sonnenstrahlen tanzten auf den winzigen Wellen.

»Schade, dass du weg musst. Ich weiß nicht, wie lange ich noch hier sein werde.« Allein der Gedanke daran machte mich verrückt. Wie gerne würde ich vorspulen, um mich zu versichern, dass alles gut gehen würde.

»Willst du wirklich zurück zum College?« Diese Frage konnte ich mir nicht verkneifen. Es wollte mir nicht in den Sinn, weshalb sie so sehr daran glaubte, das tun zu müssen. Dabei sagte sie selbst, dass es nicht das war, was sie sich wünschte.

»Na klar, was soll ich denn sonst tun?«

»Bleib hier.« Ich sah die Sehnsucht in ihrem Blick. Nervös strich sie sich ihre Haare hinter das Ohr. Ob es wegen meines Vorschlags oder wegen unseres intensiven Blickkontaktes war, konnte ich nicht sagen.

»Rose hat immer gesagt, Ausreden verlieren ihre Kraft, wenn man etwas wirklich will. Also tue es einfach. Bleib hier. Denk nicht so viel nach.«

»Aber ich kann doch nicht alles aufgeben, für einen flüchtigen Gedanken. Für den Hauch einer Idee.«

»Dann hab den Mut, die Idee wachsen zu lassen.«

»Mut gehört nicht gerade zu meinen Stärken.« Das sagte sie immer wieder, es war zum Verzweifeln.

»Das mit dem Mut ist nicht schwer. Wenn man einmal angefangen hat, mutig zu sein, wird es immer leichter. «

Immerhin war sie auch zu mir auf das Dach geklettert. Sie kannte ihren eigenen Mut, ihren eigenen Willen nicht. Wie konnte ich es schaffen, dass sie sah, was ich in ihr sah? Sie musste sich nur trauen.

Nachdem wir eine Weile unseren Gedanken nachgehangen hatten, bildete sich langsam ein Plan. Ich konnte nur hoffen, dass mir genug Zeit blieb, ihn umzusetzen.

»Versprichst du mir etwas?«, fragte ich.

»Okay.«

»Geh in den *CLUB*. Auch, wenn ich nicht da bin. Triff dich mit Ella.«

Annie zögerte kurz. »Okay.«

Das war fast zu einfach, es zeigte mir, dass Annie es wollte. Sie wollte hierbleiben, wusste jedoch nicht, wie sie sich darauf einlassen konnte.

»Ich kann auch nach Piet sehen, ich muss eh noch Sachen hinbringen.« Ihr Angebot überraschte mich. Es kam so unerwartet, dass es mir zu Herzen ging.

»Danke. Das bedeutet mir viel.«

Annie nickte nur und gähnte herzhaft.

»Du bist müde. Ich bring dich nach Hause.«

Ein seltsames Schweigen entstand. Ich wollte mich noch nicht von ihr verabschieden. Aber ich durfte sie auch nicht bedrängen. Der Tag heute war emotional aufwühlend. Sie brauchte heute Abend Zeit und Ruhe. Ich hingegen hatte noch einiges zu tun.

»Ich geh nachher noch im *CLUB* vorbei, aber wenn du etwas brauchst, melde dich bitte.«

Enttäuschung huschte über ihr wunderschönes Gesicht. Kurz haderte ich, aber es war zu ihrem Besten. Wenn ich heute bei ihr blieb, konnte ich der Anziehung vielleicht nicht länger widerstehen. Und bevor wir diesen Schritt gingen, musste vorher alles geklärt sein. Hoffentlich würde sie mein Vorgehen verstehen, wenn ich ihr endlich alles erzählen konnte. Vorher musste ich sicher sein, dass ich mit meiner Vermutung richtig lag und es dieses Schlupfloch gab, das alles wieder in Ordnung bringen würde.

»Wann fährst du morgen?«

»Schon ganz früh. Morgen musst du leider allein frühstücken, Großstadtmädchen.«

15

Annie

In der Nacht erwachte ich aus einem schrecklichen Traum. Cooper war da gewesen. Er hatte meine Hand gehalten, aber im Traum hatte das eine Bedeutung, die mein Herz höher schlagen ließ. Zuneigung und Zärtlichkeit lagen in seiner Berührung.

Trotzdem ließ ich ihn zurück, als ich wieder zum College musste. Mein Herz verkrampfte sich, als würde es aus meiner Brust gerissen werden. Ich fühlte mich klein und ohnmächtig. Als ich mich umdrehte, stand meine Granny statt Cooper dort und sah meinem Auto mit unfassbar traurigem Blick hinterher.

Zitternd und emotional aufgewühlt wachte ich auf. Eine einzelne Träne kullerte über meine Wange. Dann noch eine und noch eine. Immer mehr, immer haltloser. Mein Herz tat weh. Weinend lag ich im Bett und wusste nicht, wohin ich gehörte.

Ich weinte um die Frau, die meine Granny gewesen war und darum, dass ich sie kaum kannte. Ich weinte um das Kind, das meine Mutter gewesen war, das so früh entwurzelt wurde. Und ich weinte auch um mich. Um das Kind, das ich gewesen war, genauso wie um mein jetziges Ich, dass so sehr die Anerkennung seiner Mutter suchte, dass es Jahre lang dem falschen Ziel folgte, ohne es zu merken. Das mit dem Gedanken spielte, diesem Ziel trotzdem zu folgen, nur um der unweigerlich folgenden Missbilligung zu entgehen. Erst im Morgengrauen war ich wieder in einen leichten Schlaf gefallen, der jedoch keine Erholung brachte.

All das erzählte ich Ella nicht, als ich am Morgen ins *blue* kam. Sie musste meine Augenringe sehen, aber sie enthielt sich eines Kommentars. Stattdessen stellte sie meinen Lieblingskaffee vor mich und fragte, ob ich was essen wollte.

Erst, als ich mit allem versorgt war, begann sie eine Unterhaltung.

»Was läuft da zwischen dir und Cooper?«

»Nichts. Ich glaube, er sieht mich eher als eine Schwester.«

»Sicher?«

Ich nickte.

»Sag mal, was hat es mit diesem Club genau auf sich?«, lenkte ich vom Thema ab. Ella schien meine Frage nicht zu gefallen.

»Annie …«

»Keine Sorge, Cooper hat mir davon erzählt. Und ich wollte mir doch eine eurer Theaterproben anschauen.«

»Hm, stimmt. Umso besser.« Sie strahlte mich an. »Dann hoffe ich, dass du gleich heute Zeit hast, so gegen halb fünf?«

»Das passt, bis dahin kann ich bei Piet vorbeischauen und im Haus weiter machen.«

»Ach, war mein Tipp mit Piets Laden hilfreich? Wird er einen Teil der Sachen nehmen?«

»Ja, aber eigentlich wollte ich schauen, ob er Hilfe im Laden braucht. Ich habe versprochen, solange ich hier bin nach Möglichkeit einzuspringen.«

»Du arbeitest dort? Hast du inzwischen vor, länger zu bleiben?«

Das war eine berechtigte Frage. Eine, um die ich immer wieder herumgeschlichen war. So lange das Haus nicht leer war, hatte ich einen Grund zu bleiben. Je mehr Ablenkung ich hatte, desto länger würde es dauern. Mir war klar, dass ich das Unausweichliche nur hinauszögerte, trotzdem war ich nicht bereit mir ein festes Ziel für die Abreise zu setzen. Ich konnte nur hoffen, dass meine Mutter in Japan so beschäftigt war, dass sie es nicht bemerkte.

Ich sah Ella ratlos an und zuckte mit den Schultern.

»Okay, gibt es denn eine Chance, dass du für immer hierbleibst?« Aufgeregt wippte sie auf ihren Zehenspitzen auf und ab.

Ich schüttelte traurig den Kopf. »Du weißt doch, dass ich zurück zum College muss.«

»Hoffen darf man ja noch«, seufzte sie und drückte tröstend meine Hand, als spürte sie meinen Widerwillen zurückzufahren.

Kurz darauf verabschiedete ich mich, um nach Piet zu sehen. Cooper hatte mich zwar nicht explizit darum gebeten, aber ich wollte selbst wissen, ob alles in Ordnung war oder ob ich ihm bei irgendetwas helfen konnte.

Auch wenn Piet sich freute und wir eine Weile plauderten, hatte er heute nichts für mich zu tun. Morgen konnte ich jedoch ein paar Stunden für ihn einspringen. Darauf freute ich mich schon. Was auch immer es war, dieser Laden hatte mich verzaubert. Ich liebte den Duft, konnte fast hören, wie sich die Antiquitäten flüsternd ihrer Geschichten erzählten.

So wie die Elfenfigur mir eine Geschichte erzählt hatte.

Bis Ella mich abholte, war ich im Haus gut vorangekommen. Inzwischen sah es recht kahl aus. Die meisten Schränke waren leer. Bald wäre alles sortiert und in Kisten verstaut.

Rose hatte nur wenige Antiquitäten. Aber Piet hatte mir die Nummer von einer Organisation gegeben, die Möbel kurzfristig abholen konnten. Alles, was unbrauchbar war, wurde entsorgt. Die gut erhaltenen Sachen kamen in ein Secondhandkaufhaus oder wurden an Bedürftige gespendet. Das klang nach einer guten Sache.

Aber es ging zu schnell. Viel zu schnell. Wenn ich mich richtig reinhängen würde, könnte ich vielleicht sogar heute Abend noch abreisen. Der Gedanke verursachte mir Übelkeit, mein Herz raste. Um mich abzulenken, ging ich zu Keating, der mich jedoch wieder einmal ignorierte. Piet hatte nun doch angeboten, ihn aufzunehmen. Da ich den armen Vogel nicht ins Wohnheim mitnehmen konnte und auch nicht in ein Tierheim bringen wollte, war das die beste Lösung.

»Morgen siehst du Madame wieder, versprochen. Denn morgen ziehst du um und wirst bei ihr wohnen. Das wird bestimmt super.« Das hörte sich selbst in meinen Ohren dämlich an. Also ließ ich den armen Kerl in Ruhe.

Vom Sortieren der Unterlagen brauchte ich eine Pause, das war eine wirklich mühselige und zeitraubende Arbeit. Mein Blick fiel auf die Tagebücher. Die würde ich auf jeden Fall behalten und nach und nach lesen. Im Moment war ich zu feige. Noch war es zu frisch. Alles, was ich gestern erfahren hatte, lag wie ein Stein auf meinem Herzen. Heute war ich noch nicht bereit für weitere Einblicke in Roses Seelenleben.

Mein Handy summte und zeigte mir, dass ich eine Nachricht von Cooper hatte.

Cooper: Wie kommst du voran?

Annie: Zu schnell.

In dem Moment wurde mir klar, was das bedeutete. Es hieß nicht nur, sich zu verabschieden. Es hieß auf Nimmerwiedersehen. Es gab keinen Grund mehr hierher zurückzukommen. Klar konnte ich mit Cooper Nachrichten schreiben, aber um ehrlich zu sein, wusste ich nicht einmal, ob er das überhaupt wollte. Alles, was uns verband, war die Nachbarschaft und die Verbindung zu Rose. Nun gut und die Tatsache, dass mein Herz in seiner Gegenwart verrücktspielte. Allein, dass er mir nicht mehr antwortete, machte mich wahnsinnig. Was, wenn ich ihn nie wieder sehen würde?

Als ich mit meinen Nerven völlig fertig war, klingelte Ella, um mich abzuholen. Wegen des ganzen Dramas in meinem Kopf hatte ich die Zeit ganz vergessen. Das war so untypisch für mich. Und wann hatte ich überhaupt die letzte Liste geschrieben? Was war nur mit mir los? Schnell huschte ich ins Bad und machte mich in Sekundenschnelle fertig.

Zum Glück erzählte Ella während der Fahrt gutgelaunt von dem Stück, sodass ich abgelenkt war und emotional runterkommen konnte. Das Stück war recht einfach, klang aber dennoch sehr unterhaltsam. Zumindest wenn man auf kuriose Wendungen und schrägen Humor stand und das tat ich. Ella spielte die verwöhnte Tochter des Bürgermeisters. Sie schlüpfte in die Rolle und gab mir eine Kostprobe. Die schnippische und arrogante Art, in der sie ihren Text zum Besten gab, brachte mich zum Lachen.

Allerdings stieg meine Nervosität, als Ella vor einem alten Backsteingebäude parkte. Wie viele Leute hatte diese Theatergruppe eigentlich? Ob es sie störte, wenn ich bei der Probe zu sah?

»Schau nicht so ängstlich.« Ella lächelte mich aufmunternd an.

Auch wenn ich mich bemühte, meine Schüchternheit hatte mich fest im Griff. Mit einzelnen Menschen kam ich einfach besser klar als mit Gruppen. Momentan war ich emotional so ausgelastet, dass es mir schwerfiel, meinen Schutzschild hochzuhalten.

Über der schweren Metalltür stand in großen Buchstaben das Wort *CLUB*. Sonst deutete nichts darauf hin, dass das Gebäude aktuell genutzt wurde. Vermutlich war das hier einmal eine Fabrik gewesen. Es war nicht gut instand gehalten worden, aber davon ließ ich mich nicht abschrecken.

Ella grinste mich an, als hätte sie eine Überraschung für mich.

»Bereit?«

Auch wenn sich mein Magen unangenehm zusammenzog, nickte ich tapfer.

»Na dann los.« Sie stemmte die schwere Metalltür auf, damit wir eintreten konnten. Was auch immer ich erwartet hatte, das Bild, das sich mir bot, hätte ich in meinen kühnsten Träumen nicht erschaffen können.

Staunend sah ich mich um.

Wer waren nur all diese Menschen, die hier in kleinen Grüppchen zusammensaßen? Wir waren in einer großen Halle, von der verschiedene Türen abzweigten. Es gab eine

Bühne und seitlich sogar eine Theke, wie in einer echten Bar. Was mich aber am meisten fesselte, waren die bunt gemischten Leute.

Ein Mann stand mit nacktem Oberkörper da und jonglierte mit Keulen. Weiter hinten fochten zwei Kerle mit den Beinen einer Schaufensterpuppe. Drei Kerle und ein Mädel feuerten sie dabei an. Was war das hier für ein Ort?

Die meisten anderen hier waren unauffälliger und unterhielten sich einfach. Mein Blick schweifte weiter durch den riesigen Raum. In einer Ecke an der hohen Decke hatte die Wand ein Loch, jemand hatte es nicht gerade fachgerecht verschlossen. Das Irritierende war jedoch, dass unzählige unnatürlich große Ameisen daraus hervorzukriechen schienen.

»Cool, oder? Das hat ein Künstler auf der Durchreise gemacht.«

»Ein Künstler auf der Durchreise?«

»Klar, nicht jeder mag immer am gleichen Ort wohnen und einem langweiligen Job nachgehen.«

Natürlich, da hatte sie recht. Bisher hatte ich nur nie darüber nachgedacht, dass es auch anders ging. Bisher hatte ich es einfach nicht gesehen.

Als hätte ich die Welt bisher durch Zellophanfolie gesehen. Ich bemühte mich, nicht allzu offen zu starren. Fast schämte ich mich dafür, dass mein Leben so begrenzt war, dass ich nicht gesehen hatte, wie bunt und fantastisch es sein konnte.

Die Atmosphäre war hier anders, irgendwie besonders. Ein Hauch von Freiheit und unbegrenzten Möglichkeiten lag in der Luft. Es war, als würde mein Blut vor Aufregung summen. All das war so berauschend, dass es mir fast den Atem nahm.

In der Ecke saßen zwei, die an einem Tablet an einer Zeichnung arbeiteten. Weiter hinten sah ich, dass jemand etwas an einem Whiteboard erklärte. Plötzlich segelten Spielzeug Fallschirmspringer durch die Halle, als ich meinen Blick hob, sah ich im hinteren Bereich neben der Bühne eine Treppe, die nach oben führte. Von dort aus ließen zwei Typen die Figuren herab segeln.

»Sieht so aus, als würde es dir hier gefallen.«

»Gefallen? Es ist fantastisch. Ich war vorher noch nie an einem solchen Ort.«

»Es ist nicht das Ritz, aber wir lieben es sehr.« Gutgelaunt hakte sich Ella bei mir ein und zog mich mit sich zu einer Gruppe von Leuten, die sich vor der Bühne versammelt hatten.

Auf dem Weg dorthin grüßten uns immer wieder Leute, keiner fragte, was ich hier tat. Als wäre ich schon immer hier gewesen.

Ella stellte mich der Theatergruppe kurz vor, all die Namen verschwanden leider genauso schnell aus meinem Gehirn, wie ich sie gehört hatte. Mich machten die vielen Leute nervös, auch wenn sie nett zu sein schienen. Zum Glück begannen sie gleich mit einer Besprechung. Froh nicht mehr im Mittelpunkt zu stehen, setzte ich mich auf den Boden und lehnte mich an eine Mauer. Ich holte meinen Zeichenblock heraus und begann ohne Ziel mit dem Stift über das Papier zu fahren.

»Hi«, eine angenehm raue Stimme ließ mich zusammenzucken. Erschrocken blickte ich in das fremde Gesicht eines
attraktiven Typs, der plötzlich vor mir hockte.

»Hi«, krächzte ich mit etwas Verspätung. Automatisch
verdeckte ich die Zeichnung auf meinem Block.

»Ich bin Aidan.« Er schüttelte meine Hand. »Dich habe
ich hier noch nie gesehen.«

»Nein, ich bin mit Ella hier«, erklärte ich schnell, bevor
er dachte, ich hätte mich hier eingeschlichen. Schon rein
äußerlich passte ich hier nicht wirklich rein. Mein Klei-
dungsstil war mir nie so konservativ vorgekommen, wie
heute.

»Alles gut, hier ist jeder willkommen.«

»Ich bin Annie.«

»Schön, dass du hier bist, Annie. Ich hoffe, es gefällt
dir.«

»Natürlich, es ist beeindruckend.« Mit einem Nicken be-
kräftigte ich meine Aussage.

»Das freut mich. Morgen findet hier ein Konzert statt.
Wäre cool, wenn du kommst.« Er drückte mir einen Flyer in
die Hand und verabschiedete sich mit einem »Man sieht
sich« und einem strahlenden Lächeln.

Kein Flattern, kein Knistern, wie bei Cooper. Einfach
ein netter junger Mann, der mein Herz nicht beeindruckte.
Dieser Gedanke war beruhigend und erschreckend zugleich.

Den Flyer steckte ich in meine Tasche, ein Konzert wäre
vielleicht ganz lustig, auch wenn mir die Band nichts sagte.
Vor allem wäre es ein Grund morgen Abend noch hier zu
sein. Nachher würde ich Ella fragen, ob sie auch hinging.
Ein Blick zur Bühne zeigte mir, dass die Probe inzwischen
begonnen hatte. Schnell packte ich meinen Stift ein. Als

mein Blick auf meinen Block fiel, sackte mein Herz tiefer. Ich hatte nicht darauf geachtet, was ich malte, nun starrte ich das Blatt an, von dem aus mir Cooper entgegen lächelte. Verdammt.

Ich musste das abstellen. Er war einfach zu nett und flirtete gerne. Mehr wahr da nicht. Es hatte nichts mit mir zu tun. Dazu kam, dass ich bald keinen Grund mehr hatte, hier zu sein. Entschieden verdrängte ich die unangenehmen Gefühle, die dieser Gedanke in mir auslöste und konzentrierte mich stattdessen auf die Theaterprobe.

Es wurden einzelne Szenen immer wieder geprobt, dann Änderungen besprochen und Requisiten getestet. Es war interessant zu sehen, dass sie alles im Team beschlossen. Als sie fertig waren, kam Ella gleich zu mir.

»Wie fandest du es?«, wollte sie aufgekratzt wissen. Sie war so gespannt, dass sie wieder wie ein Gummiball vor mir auf und ab hüpfte.

»Das Stück ist ziemlich schräg. Aber auf eine gute, eine witzige Art. Du hast Talent.«

Strahlend sah sie mich an und fiel mir um den Hals. Es rührte mich, dass ihr meine Meinung so wichtig war.

Wir hatten uns gerade erst auf den Weg zum Ausgang gemacht, als jemand laut rief: »Tanzparty.«

Plötzlich wurde ich in eine fremde Welt katapultiert. Musik dröhnte aus den Lautsprechern und unzählige Farben explodierten in der Luft. Alle außer mir setzen sich in Bewegung und tanzten, als wäre das völlig alltäglich. Ella schnappte sich meinen Arm und zog mich in eine Drehung, bis ich alle Vorbehalte vergas und mittanzte. Nach wenigen Minuten war alles vorbei und jeder machte einfach da weiter, wo er zuvor aufgehört hatte, als wäre nichts geschehen.

Lediglich das Lachen auf den Gesichtern und die Farbe, die nahezu alles Bedeckte, erinnerten daran.

»Was war denn das?« Irritiert sah ich all diese bunt eingefärbten Menschen an.

»Ach, nur eine Tanzparty.«

»Eine Tanzparty?«

»Okay, eine 5-Minuten-Farb-und-Tanzparty. Das kommt hier schon mal vor.« Gutgelaunt hakte sie sich bei mir ein. »Lass uns noch im *blue* ein paar Donuts und Kaffee holen und dann zu dir gehen? Was hältst du davon?«

Immer noch überwältigt von dem surrealen Erlebnis stimmte ich zu. Diesen Kaffee würde ich am meisten vermissen. Okay, nicht am meisten, aber trotzdem.

»Morgen früh bin ich übrigens nicht im Café.«

»Oh. Okay.«

»Morgen habe ich gleich in der Früh ein Shooting, daher ist Meredith morgen den ganzen Tag dort. «

»Was für ein Shooting? Fotografierst du?«

»Nein, ich arbeite manchmal als Unterwäschemodel.«

Erstaunt starrte ich sie an.

»Was?«, fragte sie amüsiert.

»Du bist eine von ihnen. Also ich weiß, dass du hier im *CLUB* abhängst und so, aber jetzt wird es mir erst richtig klar.«

»Was, dass ich nicht nur Kellnerin bin?«

»Dass du frei bist, dass du dich nicht um Konventionen scherst.«

»Was hat denn Unterwäsche damit zu tun?«

»Nein, ich meine, ich würde mich das nie trauen. Mein Platz ist nicht im Rampenlicht. Ich finde es beeindruckend, dass du das machst. Du scherst dich nicht darum, was andere sagen oder denken.«

»Ach Annie. Freiheit ist immer relativ. Aber ja, ich lebe mein Leben so, wie ich es jetzt im Moment will.«

»Was ist mit später?«

»Da kann alles anders sein. Denn so wie die Welt sich ändert, ändere auch ich mich. Meine Wünsche werden sich ändern.«

»Was, wenn du eines Tages ein Haus haben willst, aber dann nicht genug Geld hast, weil du nicht mehr zum College gehst.«

»Das kann passieren. Natürlich kann das passieren. Keine Ahnung, ob ich mich dann dafür verfluche, abgebrochen zu haben oder ob ich kreativ werde. Ich kenne die Zukunft nicht, warum soll ich mir die Gegenwart aus Angst davor versauen?«

»Was ist mir der Sicherheit eines festen Jobs?«

»Freiheit und Sicherheit können zusammenpassen. Schau mal, nur weil ich keinen Nine-to-five-Job habe, heißt das nicht, dass ich wenig verdiene. Auch ich lege mir etwas für harte Zeiten zur Seite. Trotzdem genieße ich die Freiheit, die mein Leben mit sich bringt. «

So faszinierend ich das auch fand, so wusste ich doch tief in mir, dass ich das nicht könnte. Nach dem heutigen Nachmittag fühlte ich mich daher sehr grau in dieser bunten Welt und das, obwohl ich von oben bis unten mit Farbpulver bedeckt war. Ich sah aus, als hätte mich ein Einhorn angepupst.

»Das Wichtigste, was uns frei macht, ist nicht das Geld, das wir verdienen oder nicht verdienen. Sondern, dass wir nicht werten. Wir freuen uns gemeinsam über Erfolge, stehen uns in schlechten Zeiten bei, aber wir be- oder verurteilen andere nicht.«

Stirnrunzelnd dachte ich über ihre Worte nach.

»Es ist egal, welche Haarfarbe, welchen Musikgeschmack oder welches Land du am liebsten magst. Wenn du weltoffen und tolerant bist, bist du willkommen.«

»Aber was, wenn jemand beim Theater spielen mehr Applaus bekommt als du?«

Ella lachte. »Wir sind doch keine Konkurrenten. Es soll Spaß machen.«

»Kann denn irgendjemand wirklich frei von Wertung, Neid und Missgunst sein?« Natürlich waren das keine angenehmen Dinge. Aber sie waren mir nicht fremd, weil ich sie erlebt und selbst schon gefühlt hatte.

»Gute Frage, vermutlich nicht. Aber man kann versuchen, jeden Tag ein bisschen weniger Scheiße zu sein.«

16

Annie

Es war ungewohnt, jemand anderen als Ella hinter dem Tresen im *blue* zu sehen. Die Frau lächelte uns entgegen. Ihre Augen waren umrahmt von zarten Lachfältchen, wie die Strahlen einer Sonne.

»Hi Ella. Und du bist bestimmt Annie. Freut mich, dich kennenzulernen. Ich bin Meredith.«

»Hi Meredith, ich freu mich auch. Das *blue* ist wundervoll.«

»Danke, lieb von dir. So wie ihr aussäht, kommt ihr vom *CLUB*.«

Ella nickte vergnügt. Meredith lachte und hatte scheinbar keine Bedenken, dass wir das Farbpulver hier überall verteilen würden.

»Was kann ich euch bringen?«

»Wir gehen gleich weiter, brauchen aber erst noch etwas Proviant.«

»Wie ich dich kenne, etwas Süßes?«

Ella nickte und bestellte noch ihren Spezialkaffee für uns.

»Sie wirkt sehr sympathisch.«

»Ja, sie ist super, auch wenn sie ganz schön streng sein kann.«

»Streng?«

»Ja, aber lass uns nicht davon anfangen. Wie geht es dir, jetzt wo Cooper weg ist?«

»Warum?«

Ella sah mich bezeichnend an.

»Wir sind ja nicht zusammen oder so.« Ich bemühte mich, neutral und unschuldig auszusehen. Keine Ahnung weshalb, denn es entsprach ja der Wahrheit.

»Doch, und zwar ziemlich viel ›oder so‹. Ihr passt so gut zusammen.«

»Ella, eine Fernbeziehung funktioniert doch meist eh nicht. Vielleicht, wenn man sich vorher schon länger kennt, aber doch nicht nach wenigen Tagen.«

»Es ist alles möglich, wenn man es nur will.«

»Ach, weshalb bist du dann Single?«

»Na, weil es das ist, was ich will.« Da hatte sie natürlich recht. Wir mussten beide über meine engstirnige Frage lachen.

Meine Gedanken wanderten zu Rose und auch zu meiner Mom. Beide waren unabhängige, aber auch ungebundene Frauen. Sie hatten sich nie über eine Beziehung oder über einen Mann definiert. Ob sie sich je einsam gefühlt hatten?

Meine Mom war nur wenige Monate mit meinem Vater liiert gewesen. Als sie mit mir schwanger wurde, hatten sie es beendet. Danach ist sie nie wieder eine feste Bindung eingegangen.

Und Rose? Sie hatte Piet gefunden und sich doch ihren Freiraum bewahrt. Freiheit und Nähe waren für mich nie ein Widerspruch gewesen. Vielleicht hatte ich auch nie wirklich darüber nachgedacht. Oder ich hatte zu viele idealisierte Lovestorys gelesen. Jedenfalls war es gut, dass es die Freiheit gab, sich zu entscheiden.

Inzwischen war Meredith mit einer Kuchenschachtel und zwei Kaffeebechern zurückgekommen.

Ella und ich verabschiedeten uns und machten uns auf den Weg zum Haus.

»Wow, hier ist ganz schön viel passiert.« Ella drehte sich im Kreis und sah sich im Wohnzimmer um. »Meine Stimme hallt sogar, so leer ist es inzwischen.«

»Ja, es dauert nicht mehr lange.«

Um Ellas traurigen Blick wegzuzaubern, holte ich eilig Teller aus der Küche. Meredith hatte uns nicht nur Donuts eingepackt. Es gab auch Mini-Pies und Cupcakes.

»Das sieht köstlich aus. Wie schaffst du es, so schlank zu bleiben, wenn du dort arbeitest.«

»Das ist keine Disziplin, sondern mein Stoffwechsel. Als Teenager war ich so dünn, dass mir manche sogar unterstellt haben, magersüchtig zu sein.«

»Wie fies.«

»Ja, man kann es den Leuten nicht recht machen. Isst man gerne Salat, heißt es, man würde hungern, isst man Sahnetorte, wird gemunkelt, dass man bestimmt gleich zur Toilette rennt, um sie wieder loszuwerden.«

»Für manche Leute ist man einfach nie genug.«

»Das stimmt, liebe Annie. Aber weißt du, was das Tolle daran ist?«

Stirnrunzelnd sah ich sie an.

»Na, wenn man es denen eh nicht recht machen kann, dann kann man genauso gut machen, was man will. Es befreit einen also sogar.«

»Weißt du Ella, manchmal sagst du unglaublich weise Sachen.«

»Vielen Dank. Das gleicht dann die Momente aus, in denen ich nicht so helle bin.«

Lachen machte alles leichter. Ich trank einen Schluck Kaffee, dabei fiel mir der Flyer ein.

Ich kramte in meiner Tasche, packte beinahe die Hälfte der Dinge darin aus, bis ich ihn gefunden hatte und Ella vor die Nase hielt.

»Gehst du da morgen hin?«

»Ja, ich bin dort. Die Band soll ganz cool sein.«

»Dann sehen wir uns dort«, damit stand mein Entschluss fest, morgen noch nicht abzureisen.

»Das heißt, du bleibst noch hier?« Ihre Augen strahlten vor Hoffnung.

»Zumindest morgen noch. Ich würde mich freuen, wenn wir in Kontakt bleiben. Du kannst mich jederzeit im Wohnheim besuchen.«

Ella nickte. »Das lasse ich mir nicht zwei Mal sagen. Gibt es da auch heiße Jungs?«

»Eher nicht.«

»Wie schade.«

Mein Smartphone klingelte, ich hatte eine Nachricht von Cooper.

Cooper: Was machst du gerade?

Annie: Bin mit Ella unterwegs.

Cooper: Dann viel Spaß. Grüße sie von mir.

Annie: Okay. Ist bei dir alles gut?

Cooper Ja, ich musste nur an dich denken.

Mein Herz klopfte bis zum Hals. Was sollte ich darauf nur antworten?

»Erde an Annie.« Ella sah mich grinsend an. »Wenn diese Nachricht nicht von Cooper ist, dann weiß ich auch nicht.«

Als ich nichts antwortete, nahm sie mir kurzerhand mein Telefon aus der Hand.

»Ah, wie süß.« Dann tippte sie einfach eine Antwort ein. Fassungslos sah ich sie an.

»Hey, gib es mir zurück.«

Schnell las ich, was sie in meinem Namen geantwortet hatte.

Annie: Ich vermisse dich auch.

Die Antwort von Cooper kam sofort.

Cooper: Ruf mich nachher an. Egal wie spät.

Ella hatte die Nachricht mitgelesen.

»Da läuft also nichts zwischen euch? Ja, nee. Schon klar.«

»Was willst du von mir hören? Dass ich ihn mag? Ja. Dass ich hierbleiben kann, um zu sehen, ob sich etwas zwischen uns entwickelt? Aber was, wenn nicht? Was, wenn ich meinen Collegeplatz aufgebe. Was, wenn meine Mutter dann so verärgert ist, dass sie nie wieder auch nur ein Wort mit mir redet, so wie sie es bei Rose gemacht hat?« Ungeduldig wischte ich mir die unnützen Tränen weg. »Ella, das ist kein Spiel, das ist kein Witz, es ist mein Leben. Und ich weiß verdammt nochmal nicht, was ich tun soll, denn ja, ich mag Cooper. Sehr.«

»Ach Süße.« Ella nahm mich in den Arm. »Ich hatte keine Ahnung, was da so in dir brodelt. Du hättest es mir früher sagen können. Ich habe zwar auch keine Lösung, aber ich habe Donuts.« Mit einem aufmunternden Lächeln hielt sie mir einen mit kleinen bunten Streuseln unter die Nase.

Ich musste lachen und schniefen und wieder lachen. Sie hatte recht. Nicht mit den Donuts, aber damit, dass ich mich ihr hätte anvertrauen können.

»Diese Zeichnung ist fantastisch.«

Mist, ich war so in Gedanken, dass ich nicht einmal bemerkt hatte, dass Ella meinen Block vom Tisch genommen hatte.

»Das musste du Piet zeigen, der Laden ist perfekt getroffen. Ich liebe diese Perspektive.« Zum Glück hatte sie nicht die Zeichnung entdeckt, die ich vorhin von Cooper angefertigt habe.

»Ach, das ist nur ein Hobby.«

»Annie, du bist die Lösung eines riesigen Problems. Achtung, das ist nun ein persönlicher Gefallen, du kannst also nicht ablehnen.«

»Irgendwie machst du mir Angst«, sagte ich nur halb im Scherz.

»Sehr gut.« Ihr Grinsen sah gemein aus. »Du hast die Ehre, ein Plakat für unser Theaterstück zu gestalten. Wir können vieles, aber daran ist bisher jeder aus der Gruppe gescheitert.«

»Keine Ahnung, ob ich so etwas kann. Das hat eher mehr mit Layout und Design zu tun, als mit zeichnen.«

»Versuche es, bitte. Die Aufführung soll in gut zwei Monaten sein, also hast du noch ein bisschen Zeit. Praktischerweise kennst du ja sogar einige Szenen des Stückes.« Ella schaute mich mit einem Welpenblick an. Ich gab mich geschlagen. Versprechen konnte ich jedoch nichts.

17

Annie

Mit Herzklopfen wachte ich auf. Irgendein Geräusch hatte mich aus einem Traum gerissen. Einem Sextraum. Puh, selbst wenn ich nur daran dachte, schoss mir das Blut in die Wangen.

Orientierungslos sah ich mich um. Nachdem Ella gegangen war, um genug Schönheitsschlaf vor ihrem Shooting zu bekommen, musste ich auf dem Sofa eingeschlafen sein.

Cooper, der in meinem Traum gerade noch sehr präsent gewesen war, war jedoch nicht hier. Ich fuhr mir mit beiden Händen übers Gesicht. Die Sache mit Cooper war verzwickt. Immer noch war mir nicht klar, ob es ihm nur um Spaß ging. Aber was, wenn nicht?

Was, wenn doch?

Vielleicht sollte ich darauf eingehen, bevor ich es ewig bereuen würde. Manchmal war eine Nacht genug und definitiv mehr als nichts. Der Traum brachte mich ganz durcheinander. Aber die Art, wie er mich da angesehen, wie er mich geküsst und berührt hatte, ließ mich nicht los. Ich konnte nicht abreisen, ohne ihn noch einmal gesehen zu haben.

Mein Handy wanderte brummend über den Tisch. Da meine Mom heute eine Nachricht geschickt hat, in der sie mich aufforderte, ihr den Stand der Dinge mitzuteilen, spähte ich vorsichtig auf das Display. Cooper. Strahlend nahm ich den Anruf an.

»Hi.«

»Hey, ist alles in Ordnung bei dir?«

»Ja, tut mir leid, dass ich mich nicht gemeldet habe. Ich bin eingeschlafen«, gestand ich zerknirscht.

»Macht doch nichts. Hattest du einen anstrengenden Tag?«

»Nein, eigentlich war er recht entspannt.«

»Willst du weiterschlafen?«

»Nein. Nein, alles gut. Ich hatte nur einen merkwürdigen Traum.« Mist, weshalb hatte ich das nur gesagt. Prompt sprang Cooper darauf an.

»Kam ich darin vor?«

»Das hättest du wohl gern.« Fieberhaft überlegte ich, wie ich das Thema wechseln konnte.

»Dann wäre es definitiv ein interessanter Traum gewesen.«

»Und wenn du in meinem Traum ein Zombie gewesen wärst?«

»Dann hätte ich dich zu meiner Zombiebraut gemacht.«

»Du hättest mich also getötet«, empörte ich mich, musste mir dabei jedoch ein Lachen verkneifen.

»Eigentlich nur zärtlich gekratzt.«

Ich lachte. »Das kommt dann aber auf das Gleiche heraus.«

»Manchmal muss man Opfer bringen für das süße Stück vom Glück. Außerdem ist mein Zombiegehirn nicht sehr clever. Tut mir leid.«

»Du spinnst doch.« Nun musste ich wirklich lachen.

»Freu dich doch, selbst wenn ich tot wäre, würde sich all meine Gedanken nur um dich drehen.«

Mein Herz setzte einen Moment lang aus, mein ganzer Körper stand unter Strom. War das noch Spaß? Freundschaftliches Geplänkel?

»Bist du wieder eingeschlafen?«, zog Cooper mich auf.

»Nein, ich habe zu große Angst, dass dein Zombi-Ich mich angreift.«

»Angreifen ist etwas hart ausgedrückt. Aber ich verstehe schon, wer dich für immer halten will, braucht einen Ring und keinen Kratzer.«

»Du bist schräg.«

»Da hast du recht.« Sein stolzes Lächeln konnte ich mir nur zu gut vorstellen.

Wir redeten einfach immer weiter. Über Filme, Bücher, Musik, die ganze Welt. Je später es wurde, desto alberner wurden die Themen, aber wir hatten beide nicht die Absicht, das Gespräch enden zu lassen. So nah habe ich mich noch nie einem anderen Menschen gefühlt.

»Du bist müde.«

»Stimmt gar nicht.« Das Gähnen, das mir entschlüpfte, half nicht dabei, Cooper zu überzeugen.

»Warum höre ich dich dann zwischendurch immer wieder schnarchen?«

»Hey, ich schnarche nicht.«

»Okay, du hörst dich an, wie das Katzenbaby, das ich als Kind immer wollte.«

»Ich schnurre?«

Cooper lachte. »Wenn du nun noch dieses Katzenbabymaunzen von dir gibst, werde ich dich behalten müssen.«

Mein Herz wollte schon davonfliegen und mit den Glühwürmchen draußen um die Wette strahlen, aber mein Verstand erinnerte mich daran, dass das alles eine Illusion war.

Den Gedanken an meine baldige Abreise schob ich konsequent beiseite und hüllte mich weiter in die warme und prickelnde Vorstellung, aus Cooper und mir könne mehr werden.

Am nächsten Tag ließ mich der Gedanke nicht los. Was, wenn ich es wirklich tat? Was, wenn ich nicht mehr zurückgehen würde?

Nachdem ich Ella in einer Nachricht viel Erfolg für ihr Shooting gewünscht hatte, hatte ich es geschafft, Keating in einen kleinen Transportkäfig zu locken und ins Auto zu bringen. Den großen Käfig würde Piet später abholen können.

Es fühlte sich seltsam an, Keating wegzubringen. Meinem Verstand war klar, dass es notwendig war, aber mein Herz jammerte dennoch. Dieser verschrobene Vogel, der mich fast nur ignorierte, war mir ans Herz gewachsen, wie so vieles hier.

Und schon wieder fragte ich mich, *was wäre, wenn?*

Piet freute sich, Keating zu sehen und auch mein gefiederter Freund war plötzlich gesprächig. Es gelang mir nur mit Mühe, nicht eingeschnappt zu sein. Eigentlich sollte ich mich freuen, dass es ihm gut ging und sich die beiden so prächtig verstanden.

Nachdem Piet zu seinem Termin aufgebrochen war, nahm ich meinen Block zu Hand und versuchte mich an einem ersten Entwurf für das Theaterstück. Der missglückte, genau wie der Zweite und auch der Dritte.

Als meine Mom versuchte, mich zu erreichen, ignorierte ich das. Wie viel Uhr war es gerade in Japan? War es dort nicht schon Nacht? Vermutlich hatte sie wieder lange gearbeitet. Was auch sonst. Das hieß jedoch auch, dass ich ein paar Stunden mit meinem Rückruf warten konnte. Ja, es war ein Tanz auf Eisschollen, aber ich hatte nicht den Mut, mit ihr zu sprechen. Besonders, weil ich keine Ahnung hatte, was ich ihr sagen sollte. Ich könnte längst alles erledigt haben, zögerte es aber heraus, weil ich mich hier wohlfühlte. Wohler als auf dem College.

Nie würde sie das akzeptieren. Mir rannte die Zeit davon. Was, wenn Cooper in ein paar Tagen noch nicht zurück wäre?

Heute früh hatte er mir einen guten Morgen gewünscht und ein Zombie Emoji hinzugefügt und mich so zum Lachen gebracht.

Wie konnte etwas so leicht und schwer zugleich sein? Ich musste mich ablenken, sonst würde ich noch verrückt werden. Also fing ich an, durch den Laden zu gehen und Staub zu wischen. Dabei arrangierte ich die Vasen, Figuren und alles, was leicht beweglich war, ein bisschen um. Es war keine komplette Umgestaltung, es war nur ein leichtes Verrücken nach rechts oder links. Das eine etwas mehr in den Vordergrund, diese Farben als Gruppe vereint, andere Dinge brauchten mehr Luft zum Wirken.

»Das sieht gut aus, du hast ein Händchen dafür.«

»Piet, du hast mich erschreckt.«

»Hoffentlich nicht zu sehr. Hast du Lust auf einen Kaffee oder einen Tee?«

»Ja, gerne.«

»Rose liebte Lavendeltee.«

»Das habe ich noch nie probiert«, gestand ich.

»Ich schon, er schmeckt scheußlich. Trotzdem mache ich mir manchmal einen, nur weil mich der Duft an sie erinnert.«

»Das klingt schön. Ich bedaure deinen Verlust. Als ich das erste Mal hier war, wusste ich nicht …« Ich druckste herum, weil mir zu spät einfiel, dass sie gar nicht offiziell ein Paar gewesen waren.

»Danke. Wie geht es dir, Annie?«

»Gut.«

»Wie läuft es mit dem Haus?«

»Äh, gut. Ich bin fast fertig.«

»Es war sicher eine Menge Arbeit. Ich hätte dir gerne meine Hilfe angeboten, aber ich habe es seit der Beerdigung nicht einmal geschafft zum Friedhof zu gehen. Ich will mir das Haus nicht einmal leer vorstellen.«

»Du warst noch nicht dort?«

Piet schüttelte den Kopf. In seinem Blick spiegelten sich eine Million Gründe und einer war schmerzhafter als der andere. Das musste wahre Liebe gewesen sein. Tiefer als der Tod, intensiver als das Leben selbst.

So viele Menschen hier hatten Rose geliebt. Trotz oder vielleicht auch wegen ihres starken, nicht immer leichten Charakters.

»Lass uns den Laden schließen und Rose einen Besuch abstatten«, schlug ich aus einem Impuls heraus vor. Sein Zögern war nur kurz.

»Es wäre mir eine Ehre, Annie.«

Der Friedhof war nicht weit weg, wie alles hier in Weeping Willow Creek. Piet ging so schnell er konnte, doch die Krankheit zerrte an ihm. Es kostete ihn einiges an Kraft, aber wir wussten beide, dass er diesen Weg nun gehen musste. Jetzt, wo er den Entschluss einmal gefasst hatte, gab es kein Zurück mehr.

Der Friedhof war schön, naturnah. Es gab Bäume, in denen Vögel zwitscherten und sogar einen kleinen Teich. Die Sonnenstrahlen tanzten auf der glitzernden Oberfläche. Seerosen schwammen darin.

Wir liefen ohne Eile weiter. An den zum Teil stark verwitterten Grabsteinen war zu sehen, dass der Friedhof sehr alt sein musste. Meine Bedenken, dass ich mich hier unwohl fühlen oder mich gruseln würde, lösten sich in Luft auf. Der Kies knirschte unter unseren Füßen, ansonsten lag fast eine magische Ruhe über diesem verwunschenen Ort.

»Hier vorne ist es.« Piet deutete auf ein frisches Grab. Mein Inneres zog sich zusammen. Hier war also die letzte Ruhestätte meiner Granny.

In den letzten Tagen hatte ich mehr über diese Frau erfahren als in meinem gesamten Leben davor. Wie es wohl gewesen wäre, wenn sie ein Teil davon geblieben wäre. Was, wenn es den Streit niemals gegeben hätte oder wenn ich einfach mal zum Handy gegriffen hätte, um sie anzurufen. Ob sie mich wohl gemocht hätte?

Ob ich dann einfach alles hinter mir lassen könnte, um hier zu leben? So wie Rose ihren Mann, das Haus und alle, die sie mochten, hinter sich gelassen hatte, um mit meiner

Mutter ein neues Leben zu leben. Diese Entscheidung war so viel mutiger, als ich es jetzt war.

»Welche von Roses Sachen hast du mir eigentlich mitgebracht?«, fragte Piet.

»Hauptsächlich diese kleinen Figuren. Wenn du sonst noch etwas willst, sag es mir bitte.«

Piet nickte, ohne den Blick von Roses Grab zu nehmen.

»Die persönlichen Aufzeichnungen werde ich mitnehmen und in Ruhe durchgehen.«

»Mitnehmen?«

»Ja, ich muss zurück zum College.«

»Cooper sagte, dass du dir nicht sicher deswegen bist. Ist es nicht besser, alles hier an diesem Ort zu lesen?«

»Tatsächlich bin ich nicht sicher, ob das mit der Architektur das Richtige für mich ist. Aber wenn ich mich dafür entscheide, wäre es dann nicht blöd, wenn ich jetzt zu viel versäumen würde?«

Meine Mom würde mir den Hals umdrehen, das sagte ich jedoch nicht. Piet schien keine sehr gute Meinung von ihr zu haben.

»Cooper ist sicher nicht begeistert davon, wenn du abreist, solange er weg ist.«

Langsam nickte ich. Der Gedanke war unerträglich.

»Leider weiß er ja noch nicht, wann er zurückkommen wird.«

Nach dem Friedhof fuhren Piet und ich noch zu dem See, an dem Cooper schon mit mir gewesen ist. Wir hatten uns wenig unterhalten, aber es tat gut, einfach gemeinsam zu schweigen.

Dann überrasche mich Piet.

»Als du das erste Mal durch die Tür in meinen Laden gekommen bist, habe ich es gesehen. Das Funkeln in deinen Augen.«

»Das Funkeln?«

»Ja, denn du hast dich im ersten Moment verliebt.« Er sagte das, als sei es eine Gewissheit, die nicht infrage gestellt werden konnte. Fragend sah ich ihn an und machte mich bereit, alles abzustreiten.

»Ich meine nicht Cooper.« Piet lächelte mich wissend an. »Ich meine den Laden. Genau deshalb habe ich dir den Job angeboten.«

Verblüfft dachte ich über seine Worte nach.

»Weißt du Annie, lernen kann man fast alles, aber die Liebe, die kann man nicht erzwingen. Und auch nicht verleugnen übrigens.« Er sah mich bezeichnend an.

»Man sieht die Liebe auch in der Zeichnung, die ich dir gerne abkaufen würde.«

»Ich dachte Cooper würde sich wegen des Bildes einen Scherz mit mir erlauben.«

»Warum sollte er?«

Gute Frage. Still sah ich auf das Wasser, sah die Insekten darüber fliegen. Piet hatte Recht. Der Laden hatte es mir angetan. Genau wie der See und auch das *blue*. Wenn ich länger hier sein könnte, kämen wohl noch hunderte Orte dazu.

»Wenn du eine Sache im Laden verändern könntest, egal welche. Was kommt dir spontan in den Sinn.«

»Bücher.« Interessiert schaute mich Piet an, also fuhr ich fort. »Man könnte alte Bücher in eines der Bücherregale stellen. Das macht es wohnlicher und sie sind klein genug, man kann sie mal eben spontan kaufen und gleich mitnehmen. Es könnten entweder einfach irgendwelche Bücher aus einem Antiquariat sein oder auch besondere Bücher, wie Erstauflagen von Klassikern.«

Piet überlegte und nickte dann.

»Das ist eine ganz hervorragende Idee. Danke, Annie.«

Ich dachte daran, was Cooper erzählt hatte. Piet musste ein unglaublich großes Herz haben. Eine Weile saßen wir noch schweigend da, bis uns ein Donnergrollen zum Aufbrechen zwang.

Meine Gedanken waren hier am See zur Ruhe gekommen, sodass ich danach entspannt zurück in das Haus fahren konnte. Auf dem Weg kaufte ich noch kurz einen Happen zum Essen.

Durch Keatings Abwesenheit fühlte sich das Haus noch leerer an. Nachdem ich gegessen hatte, schnappte ich mir ein Buch und meinen Block und machte es mir auf der Hollywoodschaukel auf der hinteren Veranda bequem. Der Garten war etwas verwildert, aber dennoch wunderschön. Was mich jedoch unerwartet glücklich machte, war das Zwitschern der Vögel. Schon am ersten Abend hatte ich es gehört, ohne es richtig wahrzunehmen. Sie trällerten von morgens bis abends. Unermüdlich. Ich konnte die verschiedenen Arten nicht benennen, die ich hörte, aber ihre Lieder erfüllten die Luft.

Egal, wo ich bisher zu Hause war, die Geräuschkulisse war nicht nur lauter, sondern auch wesentlich weniger harmonisch. Einen Moment erlaubte ich es mir einfach, die Augen zu schließen, sachte im Wind zu schaukeln und der Natur zu lauschen.

Es dauerte einen Moment, ehe ich loslassen konnte und all die Sorgen und unerledigten Dinge gedanklich zur Seite schieben konnte, doch als es mir gelang, war ich für einen kurzen Augenblick Teil dieser Harmonie. Mit einem Lächeln auf den Lippen öffnete ich meine Augen wieder und erlaubte der Welt sich weiter zu drehen.

Dann nahm mein Buch zur Hand und wollte schon in die Geschichte eintauchen, als ich eine Nachricht bekam.

Cooper: Hi, hast du Zeit?

Annie: Ja. Was gibts?

Keine Nanosekunde später klingelte mein Handy.

»Hi«, hauchte ich.

»Hi Annie. Es ist so schön, deine Stimme zu hören.«

Mein armes Herz, wie sollte ich nur damit klarkommen, Cooper nie wieder zu sehen?

»Alter Charmeur«, zog ich ihn auf, ohne zu erwähnen, wie sehr ich ihn vermisste.

»Du warst heute mit Piet bei Roses Grab.«

»Ja.«

»Danke. Das hat ihm sicher gutgetan.«

»Uns beiden. Ich mag Piet.«

»Und ich mag dich.«

Wieder zwang ich mein Herz, ruhig zu bleiben. Atmete tief ein und aus. Die Luft roch fantastisch, nach warmer Erde und dem leichten Regen von vorhin.

»Cooper, ich kann nicht mehr sehr lange bleiben. Heute Abend gehe ich in den *CLUB*, zu einem Konzert, aber eigentlich gibt es hier kaum mehr etwas für mich zu tun.« Meine eigenen Worte schnitten in mein Herz. Ob man daran wohl auch verbluten konnte?

»Bleib, bitte.«

»Cooper …« Mein Herz brach in diesem Moment für uns beide.

»Annie, bring mich nicht dazu, dir ins College hinterherzufahren.« Coopers Scherz klang viel zu ernst. Aber er hatte recht, bald musste ich zurück. Viel zu bald. Ich schloss meine Augen, um den Schmerz einzudämmen.

»Was sollte das schon bringen?«

Donnergrollen verschluckte meine Worte. Ein Platzregen setzte ein, der mich schnell ins Haus flüchten ließ.

»Bist du noch dran? Annie?«

»Ja, tut mir leid. Ich bin da.«

»Was war das für ein Geräusch?«

»Ich glaube, Thor schmeißt `ne Party.«

»Bist du im Haus?« Seine Sorge fühlte sich echt an.

»Jetzt ja.«

»Gut.« Im Hintergrund hörte ich jemanden nach ihm rufen.

»Annie, ich muss auflegen. Wir hören uns später.«

»Bis später.« In dem Moment war mir klar, dass ich ernsthaft in Schwierigkeiten war. Wenn ich zurückging, wäre ich ganz eventuell nicht die Einzige, die leiden würde.

18

Cooper

Kaum hatte ich das Gespräch beendet, setzte ich Himmel und Hölle in Bewegung. Das Schicksal wollte mich herausfordern? Challenge accepted.

19

Annie

Der *CLUB* sah anders aus als gestern. Es war viel dunkler, es waren Unmengen Leute hier. Am Eingang musste ich um den Eintrittspreis würfeln. Mit zwei Dollar kam ich erstaunlich gut weg. Natürlich habe ich vorher schon Konzerte besucht, aber die Karten lagen eher im dreistelligen Bereich.

Ich quetschte mich an den Leuten vorbei, bis ich endlich einen Blick auf Ella werfen konnte.

»Hi, du bist wirklich hier«, begrüßte sie mich und nahm mich in den Arm.

»Hey, wie war dein Shooting?«

»Hat Spaß gemacht. Es war für ein kleines Start-up, das aber ziemlich cool ist und echt heiße Teile designt.«

»Klingt gut. Kennst du die Band, die heute auftritt?«

»Nein, aber die sollen gut sein. Ich hoffe, ich bekomme etwas von der Show mit.«

Bevor ich nachhaken konnte, was sie damit meinte, kam der Kerl vorbei, der mir gestern den Flyer in die Hand gedrückt hatte. Wie hieß er nochmal. Aron? Archie? Mein Namensgedächtnis war echt mies.

»Hallo Ladys, ich brauche noch jemanden für die Theke, meine Nr. 2 ist krank geworden.« Das war ein Scherz. Überfordert sah ich von ihm zu Ella und wieder zurück. Er meinte das nicht ernst.

»Hey, du, Annie, richtig? Komm mit.« Er schnappte sich meine Hand, bereit mich mitzuziehen.

»Ich?« Meine Stimme hatte einen leicht schrillen Klang angenommen.

»Keine Sorge ich beiß dich nicht.«

»Ella?« Hilfesuchend sah ich sie an.

»Sorry, Süße. Ich bin mit einem Feuerschlucker verabredet.« Sie zuckte entschuldigend mit den Schultern. Das erklärte ihre Aussage von eben. Feuerschlucker, dagegen kam ich nicht an.

»Ich … ich kann weder Bier Zapfen noch Cocktails mixen«, stammelte ich unbeholfen.

»Kein Problem, die meisten Getränke bieten wir eh in Flaschen an. Die Preisliste hängt am Kühlschrank.«

Damit fiel mir nichts mehr ein, weshalb ich meine Hilfe verweigern könnte. Hier ging alles so chaotisch zu und doch funktionierte es. Es war erstaunlich. Und nun war ich wohl offiziell ein Teil davon. Und ich müsste lügen, wenn ich sagen würde, dass es sich nicht gut anfühlte.

Nervös, ja.

Überfordert, ja.

Aber eben auch richtig gut.

Also stolperte ich hinter ihm her und ließ mich darauf ein, was auch immer dieser Abend bringen würde.

Tatsächlich war es nicht schwer. Nach kurzer Zeit hatte ich nicht mehr das Gefühl, mich im freien Fall zu befinden.

Ein stilles Mädchen, das sich hinter seinen dunklen Haaren versteckte, zeigte mir alles, was ich hier brauchen würde.

Das Lager war recht klein, da konnte ich mich schnell zurechtzufinden.

Sie blieb stehen und zog etwas aus ihrer Tasche.

»Ich habe hier noch etwas für dich.«

Verwundert nahm ich eine alte Fotografie entgegen. Darauf war ich als Kind. Rose hatte es am See aufgenommen, als ich etwa 7 Jahre alt gewesen war. Ich trug einen geringelten Badeanzug und lächelte so offen in die Kamera, dass keine Spur Schüchternheit oder Unwohlsein zu sehen war.

»Das Bild lag in einem der Bücher, die du der Bibliothek gespendet hast.«

»Oh.« Mehr viel mir nicht ein, dieses Bild tat etwas mit mir. Es war wie ein Puzzlestück meines Lebens, das endlich seinen Platz fand.

»Heute habe ich die Bücher katalogisiert. Eigentlich wollte ich es dir in den Briefkasten stecken, aber nun hast du es ja.«

Bevor ich mich bei ihr bedanken konnte, huschte sie auch schon wieder davon.

Sie war nicht unhöflich. Auf mich wirkte sie einfach unglaublich schüchtern. Im Vergleich zu ihr war ich eine Partyqueen. Ich mochte sie von der ersten Sekunde an.

Doch dann war der Andrang so groß, dass ich nicht weiter darüber nachdenken konnte und so verfiel ich in einen ruhigen Automatismus. Flasche öffnen, Geld annehmen, Flasche über den Tresen schieben. Wieder und wieder und wieder. Da es hier drin so laut war, musste ich nicht mit Fremden reden, was mir sehr entgegenkam. Ein Lächeln reichte und das bekam ich hin. Eigentlich machte es sogar unerwartet viel Spaß. Aidan – so hieß der Typ, der mich hinter die Theke geschleift hatte – lächelte mir immer wieder aufmunternd zu und übernahm die Getränke, die ich nicht draufhatte.

Als die Band anfing, ließ der Andrang etwas nach und ich konnte mich einen Moment lang sammeln und umsehen. Von hier aus hatte ich einen guten Blick auf die Bühne, da ich hinter der Theke etwas erhöht stand.

Wieder waren hier ganz unterschiedliche Leute bunt gemischt und wollten einfach eine gute Zeit verbringen. Scheinbar spielte weder das Alter noch die Herkunft, noch teure Kleidung oder sonstige Oberflächlichkeiten eine Rolle.

Trotz dieser wunderbaren Vielfalt schien es offenbar nur zwei Arten zu geben, wie man sich zur Musik bewegte. Entweder man wippte mit dem Fuß und nickte mit dem Kinn oder man stürzte sich wild und zügellos in die Musik, ohne Rücksicht auf Verluste. Nie würde ich mich in dieses wilde Chaos hineinwagen. Es war erstaunlich, dass sich keiner zu verletzen schien.

Einzig ein älterer Mann in einem Overall drehte sich etwas abseits wie ein Wirbelwind im Kreis zur Musik. Er hatte einen langen grauen Bart und eine runde Brille. Beides ließ mich an den Weihnachtsmann denken. Das tat er also, wenn er nicht gerade mit dem Schlitten den Himmel unsicher machte oder Geschenke verteilte. Er tanzte auf Indie Konzerten in Weeping Willow Creek. Wer hätte das gedacht?

Die Leute schienen ihn zu kennen, denn alle ließen ihm genug Platz zum Tanzen. Es war faszinierend. Eine andere Welt. Rauer möglicherweise, aber auch lebendiger. Langsam ahnte ich, wie es für Ella damals gewesen war, mit diesem Typen.

Als würde man das erste Mal Farben sehen, wo vorher alles nur grau war.

»Süße, noch `n Bier«, rief mir einer zu.

Mist, ich war so gefangen von dem Schauspiel vor der Bühne, dass ich den Kerl nicht bemerkt hatte. Er lächelte dennoch. Und ich lächelte zerknirscht zurück. Er winkte ab, nahm die neue Flasche, die ich ihm hingestellt hatte und stürzte sich wieder ins Getümmel.

»Darf ich?«, bevor ich verstand, was Aidan meinte, packte er mich an der Hüfte und schob sich dicht an mir vorbei, um an neue Gläser ran zu kommen.

»Sorry, ich hab nicht aufgepasst. Hättest du was gesagt, dann hätte ich sie dir rübergegeben.«

»Wo wäre denn da der Spaß?«, fragte er, dabei war er mir so nah, dass sein warmer Atem an meinem Ohr kitzelte.

Es war nicht unangenehm, versetzte mich aber auch nicht in Aufregung. Dass er gerne flirtete, war mir gestern bereits aufgefallen. Damit hatte ich kein Problem. Es war harmlos. Aidan war charmant und ich genoss die Leichtigkeit.

Noch vor einer Woche hätte ich nie gedacht, dass ich heute hier stehen würde. Hinter einer Theke, bei einem Punkrock Konzert, mit lauter Fremden und das erstaunlicherweise mit einem Lächeln im Gesicht. Als mir das klar wurde, fühlte ich mich fast high. Wenige Tage in Weeping Willow Creek hatten mehr bewirkt, als ich in all den Jahren erreicht hatte. Immer habe ich versucht, meine Zurückhaltung zu verstecken, wie einen Makel, anstatt mich so anzunehmen, wie ich nun mal war.

Aidan stellte zwei Shotgläser vor mir hin und schenkte uns eine klare Flüssigkeit ein. Während ich nur nippte, trank er sein Glas in einem Zug leer.

»Na hopp, trink es aus«, forderte er mich amüsiert auf.

Vielleicht war es wirklich besser, es auf einmal zu leeren. Also tat ich es. Das Brennen in meinem Hals ließ mich daran jedoch zweifeln.

Aidan applaudierte mir und wendete sich dann einem Kerl zu, der drei Bier bestellte.

Ein wenig erinnerte es mich hier an eine der wenigen Collegepartys, auf denen ich bisher war. Jedoch ohne all die albernen Trinkspiele.

Aidan tanzte leichtfüßig in meine Richtung. Seine gute Laune war ansteckend und so kam ich seiner Aufforderung nach und tanzte mit ihm. Nicht ganz so wild, wie die Leute vor der Bühne, immerhin gab es hier zerbrechliche Gläser und Flaschen. Zwischendurch verkauften wir Bier und andere Getränke, tranken einen weiteren Shot, der besser schmeckte als der Erste und tanzten. Es war verrückt, zumindest für meine Verhältnisse und ich amüsierte mich großartig.

Das Einzige, was den Abend noch besser machen würde, wäre Cooper. Wie schön wäre es, wenn er jetzt hier wäre? Ich vermisste ihn und ich wusste, dass das mit dem Vermissen bald noch viel, viel schlimmer werden würde.

»Hier trink.« Aidan reichte mir noch einen Shot. Alle Zweifel und Bedenken, die mich normalerweise begleiteten, wischte ich beiseite und leerte auch dieses Glas in einem Zug. Der Wodka brannte immer noch in meiner Kehle. Aber ich fühlte mich befreit. Diese Sorglosigkeit sprudelte durch mich hindurch, dieses Gefühl wollte ich mir erhalten. Jeden einzelnen Tag.

Ohne Hemmungen verkaufte ich weitere Getränke. Wenn keiner was wollte, tanzte ich mit Aidan und sorgte dabei für Ordnung, räumten Flaschen weg, Zitronenschalen, wischten Verschüttetes auf. All das tat ich mit einem breiten Grinsen im Gesicht.

Fast war ich traurig, als die Band zum Ende kam und es im Raum heller wurde. Ein Typ kam, um Aidan und mich abzulösen.

Plötzlich so ohne Aufgabe zu sein, fühlte sich seltsam an.

»Willst du noch etwas trinken?«

»Nein, ich glaub ich geh nach Hause.« Nach Hause. Das klang seltsam. Richtig und falsch zugleich.

»Dann bring ich dich hin, damit du auch sicher nach Hause kommst«, erklärte Aidan.

»Wow, ein echter Gentleman«, zog ich ihn auf.

Unterwegs sprachen wir kaum. Es fühlte sich zu vertraut an, mit Aidan durch die Nacht zu spazieren. Als ob die Nacht für Cooper reserviert sei. Aidan schien meine nachdenkliche Stimmung zu spüren.

»Wirst du noch lange hier sein«, fragte er in die Stille hinein.

»Nein, ich bin quasi schon auf dem Sprung.«

»An welchem College studierst du nochmal?«

»Yale.« Vermutlich hatte das vor mir noch nie jemand mit so viel Widerwillen gesagt, wie ich in diesem Moment.

»Cool. Ich war da mal auf einer Party.« Wollte er mich veralbern? Für eine Party war er wohl kaum so weit gefahren.

»Ach, tatsächlich? Wie bist du dahin gekommen?«

»Ich bin immer da, wo es die besten Partys gibt.« Sein Grinsen war eine Spur zu breit.

»Ach, ist das so?« Meine Stimme tropfte nur so vor Sarkasmus.

»Ganz genau. Und du?«

»Ich bin eher da, wo es ruhig und gemütlich und ein bisschen einsam ist«, gab ich unumwunden zu.

»Du musst aber nicht einsam sein.«

»Sagen wir eher, ich bin allein. Das klingt nicht so armselig.« Mit einem Lachen versuchte ich, es wie etwas Witziges klingen zu lassen.

»Das muss ja nichts Armseliges sein«, er zuckte mit den Achseln. »Sagen wir einfach, es ist gut, wenn man allein sein kann, aber schlimm, wenn man allein sein muss.«

»Da ist was dran. Hier ist es.« Ich zeigte auf das Haus meiner Granny, direkt vor uns. Der Weg war viel kürzer, als ich es erwartet hatte.

»Ich weiß.«

Unschlüssig, wie ich mich verabschieden sollte, blieb ich auf der untersten Stufe der Verandatreppe stehen. Aidan machte nicht den Eindruck, dass er gleich gehen wollte. Er lehnte sich lässig an das Geländer und sah mir tief in die Augen.

Ein Räuspern ließ mich erschrocken zusammenzucken. Cooper stand auf Grannys Veranda.

20

Cooper

Voller Energie war ich zurück nach Weeping Willow Creek gekommen. Ich wollte keine Sekunde länger warten und Annie endlich in meine Arme schließen. Klar hatte ich ein bisschen Bammel vor dem Gespräch, aber wenn ich sie nur endlich wieder sehen konnte, würde sich alles andere schon finden. Es war mir gelungen, es geradezubiegen, nur das zählte.

Doch das Haus war dunkel und eine eisige Kälte hatte sich um mein Herz gelegt. Kurz hatte ich Angst, dass sie einfach abgereist war, ohne mir etwas zu sagen. Aber ihre Sachen waren noch da. Also brachte ich zuerst meine Reisetasche in mein Haus. Wo konnte sie nur sein? Auf meine Nachrichten reagierte sie nicht, also rief ich Ella an. Von ihr erfuhr ich, dass Annie im *CLUB* war. So gerne ich sie auch sofort sehen wollte, so sehr wollte ich sie allein sehen. Nicht mit unzähligen Konzertbesuchern, wo es so laut war, dass man sein eigenes Wort kaum verstand.

Ungeduldig ging ich zurück, um auf ihrer Veranda zu warten. Der alte knarzige Stuhl stand noch dort, also setzte ich mich.

Rose hatte hier gerne gesessen, so hatte ich sie auch kennengelernt. Sie hatte mich in ein Gespräch verwickelt.

Am Ende saßen wir zusammen auf der hinteren Veranda, die größer war und tranken blumig schmeckenden Tee.

Endlich näherte sich jemand dem Haus. Annie. Endlich. Doch sie war nicht allein.

Ausgerechnet Aidan war bei ihr. Im Dunkeln verborgen blieb ich stehen. Hörte Annies wundervolle Stimme. Als Aidan ihr näher kam, konnte ich mich nicht zurückhalten und räusperte mich vernehmlich. Annie zuckte zusammen.

»Cooper.«

»Hey Mann, du bist zurück«, bemerkte Aidan.

»Aidan, was für eine Überraschung.« Man konnte mir anhören, dass ich nicht gerade begeistert davon war, ihn hier zu sehen. Eigentlich mochte ich Aidan, aber er war ein Aufreißer und er war bei Annie.

»Stopp, Cooper, es ist nicht so wie du vielleicht denkst. Das hat nichts zu bedeuten. Aidan hat mich nur nach Hause begleitet.«

Aidan sah sie an, sein Mundwinkel zuckte amüsiert. »Doch, eigentlich ist es so, wie Cooper denkt. Aber keine Sorge, ich habe es kapiert.«

Annies Gesichtsausdruck war unbezahlbar. Offenbar hatte sie keine Ahnung, dass Aidan sie ins Bett bekommen wollte.

Meine Süße, fast empfand ich noch ein bisschen mehr für sie.

»Was? Aber ich …«, stammelte sie.

»Bevor es zu Missverständnissen kommt, dass ich hier bin, hat auch etwas zu bedeuten.« Langsam ging ich die wenigen Stufen zu ihr hinab.

»Okay, das ist dann mein Stichwort.« Aidan winkte zum Abschied, dann drehte er sich nochmal zu mir um. »Nichts für ungut, Cooper.« Ich nickte ihm kurz zu. Als er weg war, breitete sich ein nervöses Schweigen zwischen Annie und mir aus. Sie sah mich mit großen Augen an und wirkte unsicher.

»Da bist du also wieder«, sprach sie das Offensichtliche aus.

»So ist es.« Ich schenkte ihr ein schiefes Lächeln.

»Warst du früher fertig?«

Ich stand so dicht vor ihr, wie es Freunde üblicherweise nicht taten. Das schien nicht ohne Wirkung auf sie zu bleiben. Wie gerne hätte ich gewusst, ob ihr Herz genauso schnell schlug wie meines.

»Ich habe dich vermisst.« Ganz langsam hob ich meine Hand und strich ihr eine Haarsträhne hinter das Ohr. Zitternd atmete sie aus, erwiderte jedoch nichts.

»Annie …«

»Ja?«

»Hast du mich auch vermisst?«

»Aidan hat mich abgelenkt.« Schulterzuckend sah sie mich unschuldig an. Doch ich konnte das verräterische Funkeln in ihren Augen sehen. Mein Grinsen vertiefte sich.

»Muss ich eifersüchtig sein?«

»Auf jeden Fall.« Nun lächelte sie ebenfalls.

Nie hatte ich mich mehr nach jemandem verzehrt. Hatte nie begriffen, was das Wort genau bedeutete, bis ich es jetzt selbst spürte.

»Lass uns rein gehen«, raunte ich.

»Du willst mit reinkommen?«

»Auf jeden Fall.« Fast nichts könnte mich davon abhalten. Mein Puls stieg in unermessliche Höhen, als wir ins Haus gingen. Bald würde uns nichts mehr trennen können. Doch erst mussten wir reden. Wir näherten uns rasant dem Zeitpunkt der Wahrheit.

»Ich muss dir etwas sagen, Annie.«

Irritiert drehte sie sich zu mir um. In ihrem Gesicht schienen unterschiedliche Gefühle miteinander zu streiten.

»Nein.«

Verblüfft sah ich sie an. Damit hatte ich nun wirklich nicht gerechnet. Hatte sie getrunken?

»Aber es ist wichtig.«

»Gespräche hatten wir schon genug. Ernste Dinge hatte ich in letzter Zeit mehr als genug.« Ihr Gesicht bekam einen entschlossenen Ausdruck, den ich bisher noch nie an ihr gesehen habe. Sie packte mich an meinem Hemd und zog mich an sich. Ohne eine weitere Sekunde zu verschwenden, presste sie ihre Lippen auf meine. Annie küsste mich.

Bevor die Vernunft siegen konnte, spürte ich die Zartheit ihrer Lippen. Genauso fühlte ich, wie ernst und wichtig es Annie war. Und das war es auch für mich. Den Kuss erwiderte ich mit einer Leidenschaft, die Annie beinahe taumeln ließ. Ich hielt sie fest und intensivierte den Kuss. Ein leises Seufzen wich über meine Lippen oder über Annies. Wer wusste das schon so genau?

Diesen Kuss hatte ich mir so oft erträumt, ich wollte nicht, dass er je endete und gleichzeitig war er nicht genug.

Vor allem mussten wir reden, ich wusste das. Ich sollte mit ihr reden, sollte erst reinen Tisch machen, aber ich wollte mich noch nicht von ihr lösen. Nur noch einen kleinen Augenblick mit ihr genießen.

Ihre Hände krallten sich fester in mein Hemd.

Es gab kein langsames voran Tasten, kein zögerliches Erkunden. Keine Vernunft und kein Halten mehr. Annie war meine ganze Welt und die stand Kopf.

»Annie …«

»Später«, sagte sie und verschloss meinen Mund mit einem weiteren Kuss.

Ihre Hände zerrten an meinem Hemd, öffneten die Knöpfe. Auch ich wollte sie fühlen, wollte ihren Körper erkunden. Sie riechen und schmecken.

»Was auch immer du erzählen willst, sag es mir morgen. Lass es einfach los und sei ganz bei mir.«

Es war falsch und dennoch folgte ich ihren Worten. Meine Finger wanderten unter ihr Shirt, strichen über die zarte Haut an ihrem Rücken, bis zu ihrem BH-Verschluss. Sekunden später war er offen und ich spürte, wie sich ihre harten Nippel durch den Stoff an mich drückten.

»Cooper …«, hauchte sie zwischen unseren Küssen.

»Ja?«

»Lass uns nach oben gehen.«

»Bist du sicher?«

»Aber so was von.«

So forsch kannte ich Annie gar nicht, aber es gefiel mir. Jede neue Facette von ihr gefiel mir. Ich wollte mein Leben damit verbringen, sie alle kennenzulernen.

Kaum waren wir oben in ihrem Zimmer angekommen, da flog auch schon ihr Shirt durch die Luft. Eilig zog ich mein Hemd und das T-Shirt aus. Sofort lag sie wieder in meinen Armen. So, wie es immer sein sollte.

Den BH war sie ebenfalls losgeworden. Es fühlte sich fantastisch an, ihre wunderbar zarte Haut direkt auf meiner zu spüren. Ihren Duft zu riechen, sie zu streicheln. Ich wollte sie überall berühren, ihren wunderschönen Körper erkunden. All die empfindlichen Stellen aufspüren. Die an ihrem Hals habe ich bereits gefunden.

Annies Hände vergruben sich in meinen Haaren, als ich ihren Hals weiter mit meinem Mund erforschte. Ich war süchtig nach dieser Frau. Sie berauschte mich mehr, als es möglich sein sollte.

Meine Hände wanderten sie zu ihren Brüsten, neckten die harten Spitzen, kneteten die weichen Rundungen.

»Hose runter«, keuchte Annie. Sie konnte es nicht erwarten. Und auch ich war längst hart. Alles ging zu langsam und doch zu schnell. Noch nie hatte ich so für eine Frau empfunden. Während sich meine Hände zu ihrem Po bewegten, leckte ich mit der Zunge über ihre Nippel. Annies Atem beschleunigte sich. Meine Lippen schlossen sich fest um ihren Nippel, saugten daran, als ob es kein Morgen gäbe, bis meine Hose immer enger wurde.

Annie zog mich wieder nach oben und machte sich an meinem Hosenknopf zu schaffen. Ihre Hose war ebenso schnell geöffnet und wie meine zu Boden gerutscht. Ich hob Annie hoch, sofort schlang sie ihre langen Beine um mich. Eigentlich hatte ich sie auf das Bett werfen wollen, aber so fühlte es sich noch besser an. Ich presste sie gegen die nächste Wand, spürte ihre Hitze, die sich gegen meinen Schwanz drückte. Annie ließ ihr Becken kreisen und reizte mich immer weiter. Kurz war ich versucht, einfach ihren Slip zur Seite zu schieben und sie hier und jetzt zu nehmen.

Aber so würde es nicht laufen. Nicht dieses Mal. Zudem waren die verdammten Kondome noch in meiner Hosentasche. Trotzdem rieb ich mich an ihr. Berührte sie so gut es

171

ging, ohne sie loslassen zu müssen. Lange konnte ich nicht mehr warten.

»Ich will dich, Annie.«

»Ich dich auch.«

Unsere Lippen fanden sich wieder. Wir verschmolzen zu einem Kuss, der nie enden sollte.

»Cooper«, hauchte Annie drängend an meinen Lippen.

Ich drückte sie noch ein bisschen fester gegen die Wand und schob meinen Finger unter ihren Slip. Als ich ihre Nässe fühlte, zuckte mein Schwanz, als ob ein Blitz hindurch gerast wäre.

Ich konnte nicht mehr länger warten. Vorsichtig ließ ich sie runtergleiten. Ihr Körper rutschte langsam an meinem entlang. Diese Frau brachte mich noch um den Verstand. Als ich sicher war, dass sie stehen konnte, ging ich einen Schritt zurück und betrachtete sie von oben bis unten.

Ihr Blick war heißer als Feuer, ihre Lippen waren von unseren Küssen leicht geschwollen, ihre Wangen waren erhitzt, ihr Haar zerzaust. Nie hatte sie schöner ausgesehen.

»Leg dich auf das Bett.«

Schnell holte ich ein Kondom, zog meine Socken und die Boxershorts aus, dann ging ich auf Annie zu. Sie hatte sich mit dem Rücken an den Kopf des Bettes gelehnt und lächelte mir erwartungsvoll entgegen. Erst zog ich ihr eine Socke vom Fuß, dann die andere. Die Luft knisterte vor Spannung und Erregung. Nachdem ich sie ihres Slips entledigt hatte, spreizte ich mit sanftem Druck ihre Beine. Dies war der erste Moment, in dem Annies Schüchternheit wieder hervorkam.

Dabei gab es keinen Grund dafür. Um sie abzulenken, reichte ich ihr das Kondom. Mit zitternden Fingern nahm sie es entgegen.

Ich rutschte wieder nach unten und küsste ihre Mitte. Annie zuckte überrascht, schien es aber zu genießen. Ich genoss definitiv, zu hören, wie sie meinen Namen seufzte.

»Warte«, bat sie mit bebender Stimme und öffnete fast konzentriert das Kondompäckchen. Als sie es herausfischte, kniete ich mich zwischen ihre Beine, damit sie mir das Kondom überstreifen konnte. Danach umfasste sie ihn und ließ ihre Hand hoch und runter gleiten. Ihre Hände an meinem besten Stück fühlten sich gut an. Ein Stöhnen entwich mir, als sie ihren Daumen über die Eichel gleiten ließ.

Sanft drückte ich sie zurück in die Kissen und küsste sie. Ihr Körper unter meinem. Ihre Hitze direkt an meinem Schwanz. Das war fast schon perfekt. Wieder saugte ich nacheinander an beiden Nippeln. Feucht glänzten sie im warmen Licht der Nachttischlampe.

»Bereit?«

Annie biss sich auf die Unterlippe und nickte. Es gab keine Worte dafür, was ich in diesem Moment empfand, ich schaute ihr tief in die Augen, ihr Blick hielt meinem stand. Dann versank ich in ihrer feuchten Mitte.

Annie keuchte, löste aber ihren Blick nicht von mir. Langsam zog ich mich zurück und ließ mich langsam wieder in sie gleiten. Ich konnte fühlen, wie Annie sich weiter entspannte. Und drang noch tiefer in sie ein, wieder und wieder.

Sie kam meinen Bewegungen entgegen, nach einem kurzen Moment fanden wir einen gemeinsamen Rhythmus. Sie fühlte sich so gut an. Ihre feuchte Enge machte mich verrückt. Ich legte Annies Beine über meine Schultern, um noch tiefer in sie eindringen zu können. Sie krallte sich an mir fest, warf ihren Kopf in den Nacken. Das Tempo erhöhte sich immer weiter. Ich versank in ihr, immer wieder. Ihr Keuchen steigerte meine Lust ins Unermessliche. Wie sie da lag, sich unter mir bewegte, die Haare wild auf dem Kissen ausgebreitet, ihre Augen fast geschlossen, ihre Lippen leicht geöffnet, seufzend, stöhnend. Es brachte mich fast um den Verstand. Ihre Brüste wippten rhythmisch, jedes Mal, wenn ich mich in sie gleiten ließ. Dieses eine Mal wäre nicht genug. Von Annie würde ich nie genug bekommen.

Den Druck spürte ich immer größer werden. Er baute sich heftig auf, pulsierte in mir. Auch Annie schien fast so weit zu sein. Wir bewegten uns immer weiter, immer schneller, immer intensiver.

Annies Beine begannen zu zittern, sie wand sich vor Lust, stöhnte meinen Namen. Dann gab es kein Halten mehr, ich versank in ihr schneller und tiefer, bis ich mich ganz in ihr verlor.

21

Annie

Ein Kitzeln weckte mich. Cooper strich mit seinem Finger zart über mein Schlüsselbein. Meine Lippen kräuselten sich zu einem Lächeln.

»Guten Morgen.«

»Guten Morgen, Großstadtmädchen.«

Bei dem Spitznamen verzog sich mein Gesicht.

»Jedes Mal, wenn du das sagst, denke ich daran, dass ich fast die Enten überfahren hätte.«

»Eigentlich hättest du erst mich überfahren müssen.«

Ich zuckte mit den Schultern, als wäre das nicht so schlimm.

»Oh, du kleine Schurkin.« Mit diesen Worten stürzte sich Cooper auf mich. Ich quietschte vor Lachen, als er mich ohne Erbarmen weiter kitzelte. Leider war er nicht so kitzlig wie ich. Doch als ich ihn in seinen Nippel kniff, ließ er schlagartig von mir ab und setzte sich auf.

»Aua«, beschwerte er sich und bedeckte seine Nippel mit den Händen. Durch die verrutschte Decke kam mehr von seinem Körper zum Vorschein. Hitze wallte durch mich hindurch.

Cooper fing meinen Blick auf. Ein paar Sekunden lang sahen wir uns nur in die Augen. Unsere Blicke verschmolzen ineinander. Der Augenblick dehnte sich, bis ich das Gefühl hatte, das mein Herz überlief.

»Komm her«, forderte Cooper mit rauer Stimme. Keine Sekunde später lag ich in seinen Armen und küsste ihn, als ob es kein Morgen gäbe. Seine Haut fühlte sich so warm und weich auf meiner an. Genauso sollte jeder einzelne Tag in meinem Leben beginnen. Ein heißer Typ, der mich auf die beste aller Arten verrückt machte.

Das Klingeln des Handys nahm ich erst wahr, als Cooper von mir abrückte. Er stolperte zu seiner Jeans und fischte es aus der Tasche.

Sein Blick verriet nichts Gutes. Ich raffte die Decke um mich und sah mich suchend nach meinen Klamotten um, die überall verstreut lagen.

Nachdem Cooper das Gespräch beendet hatte, drehte er sich zu mir um.

»Du musst los?«

»Ja, kann ich noch schnell duschen?«

»Sicher, du weißt ja wo das Bad ist.«

Als er das Zimmer verlassen hatte, fühlte sich das einfach falsch an. Seine Abwesenheit spürte ich in jeder Zelle meines Körpers. Es war verrückt.

Ich schlüpfte in frische Klamotten und ging nach unten, um mir einen Tee zu machen. Als das Wasser kochte, hörte ich Cooper die Treppe herunterkommen. Sein Haar war nass und das sah richtig heiß aus. Doch nun war nicht der richtige Augenblick in seinem Anblick zu versinken.

»Du musst zu Piet?«

»Ja.«

»Piet. Wird er sterben?« Meine Stimme bebte, als ich die Frage aussprach, die mich seit Tagen nicht losließ.

»Ja.« Stumm starrte er ins Nichts.

Ich überbrückte den Abstand zwischen uns und legte ihm tröstend meine Hand auf den Arm. Cooper schüttelte sie ab. Es war, als würde die Zeit in meinem Gehirn stehenbleiben. Ich begriff nicht, weshalb er das tat.

»Piet wird gehen, so wie Rose gegangen ist.« Er schnaubte. »Genau, wie du aus meinem Leben gehen wirst.« Der Vorwurf in seinen Augen verletzte mich. »Nur dass du die Wahl hast. Du kannst bleiben und das verdammte College aufgeben, das du eh nicht magst.«

»Du magst das College nicht, Annie?« Die Stimme meiner Mutter ließ mich zusammenzucken. Mist. Panik machte sich in mir breit. Was tat sie hier? Wie war sie hereingekommen?

»Mom, wie kommst du denn hierher?«

»Mit dem Flugzeug, junge Dame. Seit Tagen ignorierst du meine Anrufe und meine Nachrichten.«

Verdammt. Und deshalb war sie extra hierhergeflogen?

»Du hättest nicht herkommen müssen. Vertraust du mir denn gar nicht?«

»Nach allem was ich gehört habe, sind meine Bedenken durchaus berechtigt.«

Ihr Blick fiel auf Cooper.

»Das ist also der Grund, weshalb du dich noch immer hier herumtreibst? Solche Ablenkungen kannst du dir nicht erlauben.«

»Mom, das ist Cooper.« Ich sprach nun betont ruhig und bedacht, als wäre sie ein wildes Tier, das jeden Moment angreifen konnte.

»Ich weiß offenbar besser, wer das ist als du, junge Dame. Schau nicht so. Hast du dich nicht gefragt, was er an dir findet?«

Der Seitenhieb tat weh, doch was genau wollte sie damit andeuten? Fragend schielte ich zu Cooper.

»Mrs. Miller bei allem Respekt …«

»Respekt? Den haben Sie von mir nicht zu erwarten, junger Mann. Annie einfach um ihr Erbe bringen zu wollen. Unfassbar.«

Was? Nein, das war nicht … Ich hatte den Eindruck, dass der Raum sich zu drehen begann. Cooper? Das konnte nicht stimmen. Das durfte nicht stimmen. Was ging hier nur vor sich?

Sie wandte sich wieder an mich.

»Das ist der einzige Punkt, in dem deine Granny recht hatte. Männern kann man nicht vertrauen. Sie wollen nur ihren Vorteil, das Einzige was sie kennen, ist ausbeuten und unterdrücken. Diese Lektion muss wohl jede Generation selbst lernen.«

Aber das stimmte einfach nicht. Die meisten Kerle waren nicht so und Cooper erst recht nicht.

»So ist das nicht …«, begann Cooper. Beim Klang seiner schuldbewussten Stimme wurde mir eiskalt. Kaum wagte ich es, in seine Richtung zu sehen.

»Cooper?« Mehr brachte ich nicht über die Lippen, ich klammerte mich verzweifelt an diesen letzten Funken Hoffnung in mir.

»Annie, ich erkläre dir nachher alles.«

Also stimmte es, was auch immer meine Mutter herausgefunden hatte. Mehr musste ich nicht hören. Cooper hatte mich benutzt. Diese Worte von ihm zu hören, nur wenige

178

Stunden, nachdem wir Sex hatten, war, als ob mein Herz eine Klippe hinabstürzte. Die Tiefe des Schmerzes war unerträglich. Wie Säure fraßen sich seine Worte durch mein Innerstes.

»Erkläre es ihr beim Packen. Annie, du fährst heute noch zurück zum College.«

Trotz des Tumults in meinem Inneren wehrte sich alles in mir dagegen, zurückzufahren. Es kostete mich einiges, doch ich konnte noch nicht zusammenbrechen, stattdessen reckte ich mein Kinn und sah meine Mom an.

»Und wenn ich das nicht will?« Ich spürte Coopers Blick auf mir, doch ich ignorierte ihn. Ein Kampf nach dem anderen.

»Nur weil du auf diesen Kerl hereingefallen bist, heißt das noch lange nicht, dass du dein Leben wegwerfen musst.«

»Mom.«

»Annie, nein. Du gehst zurück.« Sie klang unerbittlich.

»Aber ich bin dort nicht glücklich.«

»Darum geht es nicht. Das ist nicht der Sinn. Du sollst lernen, um einen guten Job zu bekommen. Mein Name wird dir nicht alle Türen öffnen.«

Das war alles so verkehrt. Ich nahm all meinen Mut zusammen, sah meiner Mutter fest in die Augen.

»Ich will nicht Architektin werden.«

Fassungslos sah sie mich für eine endlose Sekunde an. Dann verschloss sich ihre Miene.

»Es ist dieser Ort. Ja, genau. Er hat deine Gedanken vergiftet.« Sie schüttelte den Kopf. »Das musste ja so kommen.«

»Nein, es ist nicht dieser Ort. Ich habe es von Anfang an bemerkt.«

179

»Warum hast du nichts davon gesagt?«

»Weil ich ganz sicher sein wollte.« Schnell füllte ich meine Lungen mit Luft. »Diese Überlegung wollte ich nicht überstützen und um ehrlich zu sein, hatte ich Angst davor, es dir zu sagen.«

»Angst? Mach dich nicht lächerlich. Es war immer dein Traum. Dafür hast du so viel investiert.«

»Nein, es war dein Traum für mich und das schon so lange, dass ich es irgendwann vergessen habe.«

»Was willst du stattdessen tun?« An der schnippischen Antwort konnte ich hören, wie verletzt sie war.

»Ich habe keine Ahnung. Ich würde gerne hierbleiben und mir überlegen, was ich wirklich will.«

»Was du wirklich willst? Diese Hippiegedanken sind so schädlich. Das ganze Selbstverwirklichungszeug ist Unsinn. Es vergiftet deinen Geist und sorgt dafür, dass du nie glücklich wirst.« Sie war so erschüttert, dass ihre Stimme bebte. Sicher erinnerte sie sich an all die Unsicherheiten und Enttäuschungen aus ihrer Kindheit. Ohne nachzudenken, hob ich meinen Arm, um sie zu halten, zu trösten. Mit einem scharfen Blick ließ sie meinen Arm in der Luft gefrieren. Ihre Aufgewühltheit zerriss mich fast.

»Mom …«

»Geh zurück zum College. Nach zwei oder drei Tagen wird deine Welt nicht mehr auf dem Kopf stehen.«

Hatte sie recht? War es ein Fehler? Was, wenn ich mich täuschte, so wie es bei Cooper der Fall war. Aller Sauerstoff wich aus meinen Lungen. Ich nickte erschöpft.

»Ja, ich fahre zurück.«

»Natürlich wirst du das. Ich habe hier genug Zeit vergeudet. Nun muss ich zu einem Meeting nach New York.«

Coopers Anspannung war fast greifbar, doch er sagte nichts.

Als meine Mutter ebenso still ging, wie sie gekommen war, ließ ich mich kraftlos auf einen Sessel sinken.

War alles hier eine Lüge? Die Menschen, das Gefühl frei zu sein? Verdammte Scheiße, das war einfach zu viel. Doch grübeln half nichts. Entschlossen erhob ich mich wieder.

»Lass es mich erklären, Annie.« Cooper folgte mir die Treppe nach oben, wo ich begann meine Sachen zu packen.

»Nein Cooper. Was auch immer es ist, es spielt keine Rolle.«

»Das Haus, es gehört dir. Du kannst bleiben.«

Den stecknadelkopfgroßen Lichtblick vernichtete ich, bevor es noch schwerer wurde.

»Auch das spielt keine Rolle.« Ich ging weiter ins Bad und packte dort alles ein.

»Aber, ich … wir …«

»Es gab nie ein wir.« Und wie ich es drehte und wendete, es konnte kein wir geben.

»Tu das nicht. Ich kann alles erklären, ich wollte gestern Abend mit dir reden.«

»Für den Moment habe ich genug gehört. Erstmal fahre ich zurück. Nachdenken. Nur für ein paar Tage.« Als alle meine Sachen in meiner Reisetasche verstaut waren, trug ich sie direkt zum Auto. Nach einem letzten Blick auf das Haus, stieg ich in meinen Wagen.

»Du muss das nicht tun. Du muss nicht gehen.«

»Ich … ich weiß. Aber sie ist meine Mom. Sie will nur mein Bestes.«

»Du musst dich nicht für sie entscheiden. Du muss dieses Leben nicht leben.« Cooper zögerte kurz und sah mir dann tief in die Augen. »Du muss mich nicht verlassen.«

»Gib mir ein paar Tage.«

»Nein. Wenn du dich jetzt den Wünschen deiner Mutter beugst, dann wirst du nie für dich einstehen.«

»Cooper …«, hilflos sah ich ihn an. Ich wusste, was zu tun war.

»Nein, Annie.« Flehend sah er mich an. »Dieses Leben wird dich nicht glücklich machen.«

Tränen traten in meine Augen. Ich wusste, dass er recht hatte. Genauso wie ich wusste, dass ich hier glücklich sein konnte.

»Wenn du jetzt gehst, wirst du auch in ein paar Tagen nicht zurückkommen.«

Wieder hatte er recht. Seine Gesichtszüge verhärteten sich, als er mir ansah, dass es stimmte. Dass ein Teil von mir schon jetzt wusste, dass ich nicht stark genug war.

Ich wünschte, ich hätte es in mir, mich aufzulehnen, mutig zu sein, mich für mich selbst zu entscheiden.

»Leb wohl, Cooper.«

»Annie …« Ich sah den Schmerz in seinen Augen, ich fühlte den gleichen Schmerz in mir. Ich musste gehen. Schnell. Bevor es zu spät war. Bevor der Schmerz mich vollständig überrollen würde.

»Danke für alles.« Ohne mich noch einmal umzudrehen, eilte ich davon.

22

Cooper

»Da bist du ja Cooper. Madame freut sich schon auf eine Runde Gassi mit dir.«

Ich nickte Piet nur zu. Noch wollte ich nicht reden, traute meiner Stimme nicht. Annie. Sie war einfach weg. Einfach losgefahren, ohne mir die Chance zu geben, alles zu erklären. Wie unter Schock sah ich die Szene vor meinem inneren Auge, wieder und wieder. In Endlosschleife.

»Alles okay, Cooper?«

Wieder nickte ich. Für so eine Lüge brauchte man nicht einmal Worte. Verrückt. Dabei gab es kein Wort, das weniger zu meinem inneren Aufruhr passte als okay. Nichts war okay, ganz und gar nicht. Vielleicht nie wieder.

»Was ist los, Junge? Was ist passiert?« Piet stand mühsam auf. Dabei ging es ihm heute so schlecht, dass er mich gebeten hatte, mit Madame spazieren zu gehen.

Mit wenigen Schritten war ich bei ihm. Ein Sturz würde nichts besser machen.

»Es ist nichts«, versicherte ich.

Mühsam setzte er sich wieder.

»Nichts? Geht es um Annie?«

Annie. Schnell drängte ich den Schmerz zurück in eine ruhige Ecke. Weil sonst mein Gehirn explodieren würde, genau wie mein Herz.

»Annie ist weg.«

Piet sah mich einen Moment lang an, als würde ich scherzen.

»Wie kam es dazu?«

»Ihre Mutter war heute früh da.« Auch wenn das keine Lüge war, war es doch nicht die volle Wahrheit. »Piet, ich habe Mist gebaut, aber sie gab mir nicht einmal die Chance, es zu erklären.«

Er nickte wissend.

»Dein Vater hat es mir erzählt.«

Erschrocken sah ich Piet an. Sicher verurteilte er mich nun dafür. Genau wie meine Eltern. Sie hatten mir ordentlich den Kopf gewaschen. Wie erwartet waren sie enttäuscht, als Juristen mit Herzblut konnten sie mein Handeln nicht nachvollziehen. Zum Glück konnten sie es regeln. Wie es nun weitergehen würde, lag allein in Annies Hand.

Rose hatte gewollt, dass Annie alles bekam. Nicht ihre Mutter. Und so war es nun auch wieder. Wie vorgesehen.

»Wie ich sehe, hast du deine Lektion gelernt. Nun musst du dir nur überlegen, wie du dein Mädchen zurückbekommst.«

»Danke, Piet.« Es bedeutete mir viel, dass er es, zumindest für den Moment, auf sich beruhen ließ. »Was Annie anbelangt, habe ich absolut keine Ahnung wie.«

»Geh mit Madame raus. Spazierengehen hat mir schon oft geholfen, einen freien Kopf zu bekommen. Was glaubst du, weshalb Rose sie mir geschenkt hat?«

Nickend stimmte ich zu.

»Wenn ihr zurück seid, erzählst du mir genau, was passiert ist und was Sophie hier wollte. Ich mach uns einen Tee mit Rum, das ist die beste Medizin für gebrochene Herzen.«

»Willst du, dass ich zum Alkoholiker werde?« Es sollte ein Scherz sein, aber es klang hohl. Als hatte jemand mein Leben auf Pause gestellt und ich versuchte, trotzdem weiterzumachen.

»Medizin nimmt man wohl dosiert ein. Heilen, muss das Herz dann von allein.«

Wieder nickte ich, wie so ein verdammter Wackeldackel. Apropos Dackel, Madame folgte mir eilig, als ich nach ihrer Leine griff und nach draußen ging.

Annie war weg. Warum musste nur ausgerechnet jetzt ihre Mutter auftauchen? Selten gab es ein schlechteres Timing.

Gerade erst hatten wir uns gefunden, nur um dann alles zu verlieren. Ich musste sie zurückholen. Ihr einfach hinterherfahren und alles klären.

»Hey, Cooper. Du bist wieder da.« Ella grinste mich an. Ich hatte sie gar nicht gesehen. »Weiß Annie schon davon?«

»Sie ist weg, Ella.«

»Weg? Wie weg? Warum weg?«

»Weg. Zurück zum College.«

»Nein, sie wäre nicht gegangen, ohne …« Ellas Lächeln war wie weggeblasen. »Was hast du getan? Weiß sie es? Du sagtest, du würdest das regeln.«

»Das habe ich auch. Gestern Abend wollte es ihr sagen, aber … Egal, ich kam nicht mehr dazu. Ihre Mutter ist heute früh hereingeplatzt und lange Rede kurzer Sinn: Annie ist weg.«

»Verdammt Cooper. Sie gehört hierher.« Schniefend wischte sie sich über die Nase. »Bring sie zurück.«

23

Annie

Ich war froh über die lange Autofahrt. Denn mit jedem Meter, den ich mich von Cooper entfernte, blutete mein Herz ein bisschen mehr. Meine Kehle brannte von unterdrückten Tränen.

Ich drehte Musik laut auf, um mein eigenes Schluchzen nicht ertragen zu müssen. Denn ich hatte mich entschieden. Ob das mit Cooper nun ein Missverständnis war oder nicht, war zweitrangig. Dieses Leid hatte ich selbst gewählt. Also hatte nun ich kein Recht auf diese Gefühle.

Ob ich mir diese Schwäche je würde verzeihen können. Weshalb fiel es mir so schwer, mich gegen meine Mutter aufzulehnen. Weshalb war mir ihre Liebe so wichtig? Obwohl ich doch wusste, dass ich nie genug sein würde.

Auf der stundenlangen Fahrt waren mir irgendwann die Tränen ausgegangen. Zwischendurch war es so arg, dass ich anhalten musste, weil ich die Straße durch den Tränenschleier nicht mehr erkennen konnte.

Den Rest des Tages war ich wie betäubt. Genau wir in den darauffolgenden. Das Wochenende ging vorbei. Eine neue Woche begann, aber nichts war einfacher oder besser geworden. Auch in den nächsten Tagen nicht. Wie ein

Zombie lief ich durch die Gegend. Es war keiner da, den es interessierte.

Ich hatte mir selbst versprochen, mich während der Kurse zusammenzureißen, den Rest des Tages konnte ich dann einfach vor mich hinstarren und versuchen, eine Lösung zu finden, die es nicht gab.

Die einzelnen Probleme konnte ich nicht mehr voneinander lösen. Es war fast, wie mit Knete spielen. Als Kind hatte ich mir immer vorgenommen, die Farben nicht zu mischen. Aber ich hatte es nie geschafft. Am Ende gab es einen Klumpen aus marmoriertem Grün.

Wenn ich mich weiter auf das Studium konzentrieren würde, dann musste ich mich wenigsten nicht dem klaffenden Loch der Unsicherheit stellen, das meine Zukunft war.

Ich wagte es nicht, Coopers Nachrichten zu lesen, um alle Details seines Verrats zu erfahren. Solange ich das nicht tat, war es wie bei diesem Schrödinger. Solange ich es nicht wusste, war es gleichzeitig harmlos und unverzeihlich, bis ich die Wahrheit erfuhr und mich den Konsequenzen stellen musste. Ja, es war feige. Aber Mut gehörte bekanntlich nicht zu meinen Stärken.

Ich wusste das. Meine Mutter wusste das, sogar Cooper wusste das.

Auch die Anrufe meiner Mutter ignorierte ich.

Was hatte ich im Laufe der Zeit alles getan, um diesen Bruch zu verhindern und nun ließ ich es einfach zu. Vermied es, darüber nachzudenken, ob es ihr überhaupt auffiel oder sie es als Schmollen meinerseits abtat.

Wenn mir alles zu viel wurde, zog ich mich in Gedanken auf das nächtliche Dach des Hauses meiner Granny, meines Hauses, zurück.

Wie sehr ich diese friedliche Stille vermisste.

Die Geborgenheit …

Cooper …

Ich vermisste ihn schmerzlich, auch wenn er es vermutlich nicht verdient hatte.

Mein Smartphone klingelte. Es war jedoch nur der Wecker, der mich daran erinnerte, dass ich zu meinem nächsten Kurs musste. Routiniert griff ich nach meiner Tasche und warf einen flüchtigen Blick auf mein blasses Gesicht im Spiegel und machte mich auf den Weg.

Kaum hatte ich die erste Grünfläche des Campus erreicht, da fiel mir eine in Gedanken versunkene Gestalt auf, die nicht hierher gehörte.

»Ella?«

»Annie.« Sie kam auf mich zu und umarmte mich stürmisch.

»Hey, schön dich zu sehen. Aber was tust du hier?«

»Auf der ganzen Fahrt hierher wusste ich genau, was ich zu dir sagen wollte. Hatte genau die richtigen Worte im Kopf, aber dich hier zu sehen, lässt mich zweifeln.«

»Tut mir leid, aber ich verstehe kein Wort.«

»Cooper wollte schon vor Tagen herkommen, um dir alles zu erklären, aber … Egal. Ich weiß, dass du sauer bist und nichts von ihm hören willst, aber ich vermisse dich und wollte dir einfach sagen, was Sache ist, damit du entscheiden kannst, was das Richtige für dich ist. Nein, vergiss das, so großmütig bin ich nicht. Ich will alles klarstellen, damit du zu uns zurückkommst.«

»Ich habe jetzt einen Kurs. Ist es okay, wenn wir uns erst in einer Stunde wiedertreffen? Ich habe so viel versäumt, dass ich mich jetzt ranhalten muss.«

Ella nickte, aber ich konnte sehen, dass sie zwischen meinen Worten gelesen hatte. Das Studium hatte Vorrang, weil ich nicht den Mut aufbrachte, den Sprung ins Nichts zu wagen.

Wir verabschiedeten uns und mit jedem Schritt spürte ich, dass es ein Fehler war, zu gehen. Es ging nicht nur um Cooper, es ging auch um Ella, um das Haus, Piet. Hoffentlich ging es ihm gut.

Die Vorlesung war für den Allerwertesten gewesen. Der Professor hatte einen unangekündigten Test gemacht, ich kam mir vor wie auf der High School.

Ella saß bereits in dem Café, das ich ihr vorhin noch schnell in einer Nachricht beschrieben hatte.

»Hi nochmal. Tut mir leid, dass ich dich habe warten lassen.«

»Alles gut, ich bin ja einfach unangekündigt aufgetaucht.«

»Was liest du?«, fragte ich und nickte in Richtung des Buches, das sie vor sich auf dem Tisch hatte.

»Neon Bird, das ich echt abgefahren und verdammt gut geschrieben.«

»Ich dachte, du liest ausschließlich Romance.«

»Das stimmt, aber für diese Bücher lohnt sich eine Ausnahme definitiv.«

»Steckt ein Kerl dahinter?«

»Nein, es liegt nur an der klugen und talentierten Autorin.«

Die Kellnerin kam und nahm unsere Bestellung auf.

»Ich habe dich vermisst, Ella.«

»Natürlich hast du das.« Sie kicherte. »Mir ging es genauso. Die Schichten bei Meredith sind ohne dich nicht dasselbe.«

»Dann bleib doch hier, schreib dich ein. Wir könnten uns ein Wohnheimzimmer teilen.«

Ella legte den Kopf in den Nacken und lachte.

»Süße, im Gegensatz zu dir weiß ich, wo ich hingehöre.«

Das Geplänkel war nun also vorbei. Gleich würden die Fakten auf dem Tisch liegen.

»Also gut. Raus mit der Sprache. Was willst du mir über Cooper erzählen?«

»Er ist am Boden zerstört. Kaum jemand hat ihn zu Gesicht bekommen, seit du weg bist. Was genau ist denn passiert?«

»Meine Mom kam. Sie hat mir meine Prioritäten klar gemacht, angedeutet, dass Cooper mich nur verarscht, was er indirekt zugegeben hat und schwupp, hier bin ich.«

»Äh, okay. Cooper hat dich nicht verarscht. Aber, genaugenommen, war er auch nicht ganz ehrlich.«

»Ich weiß nicht, ob ich es ertrage, falls du mir nun erzählst, dass er verheiratet ist und niedliche Zwillinge hat.« Mir war klar, dass ich mit diesem lahmen Scherz nicht verhindern konnte, dass sie weitersprach. Aber schon jetzt konnte ich spüren, wie die Angst ihre Fühler nach mir ausstreckte. Wenn ich gleich wusste, was Cooper getan hatte und es etwas Unverzeihliches war, dann platzte meine Vielleicht-gab-es-noch-eine-Chance-Hoffnungs-Blase.

»Cooper wollte dir nie das Haus wegnehmen.«

»Kann er nicht, es gehört meiner Mutter.«

»Nein, Rose hatte ein Testament. Sie hat alles dir vermacht, bis auf die Raben.«

Verwirrt sah ich Ella an. Was hatte Cooper damit zu tun?

»Ich verstehe nicht.«

»Es geht um den *CLUB*.«

»Den CLUB?«

»Ja, der gehörte ebenfalls Rose. Wir dachten, es sei einfach ein leerstehendes Gebäude, das wir nutzen konnten. Rose hatte damals den Anstoß dazu gegeben. Das war, bevor ich nach Weeping Willow Creek kam. Jedenfalls wusste keiner, dass der CLUB ihr gehörte. Als Cooper nach ihrem Tod davon erfuhr, beschlossen wir, nach Möglichkeiten zu suchen, wie wir einen Anspruch darauf erheben konnten.

Wir wollten niemandem was wegnehmen, aber wir wollten auch nicht aufgeben, was dort über Jahre hinweg entstanden ist. Alle hatten Angst, dass das Gelände an irgendwelche Immobilienhaie verkauft werden würde.« Sie sah mich schuldbewusst an.

»Das Testament sieht vor, dass das Erbe verfällt, wenn der Erbe nicht innerhalb einer Frist Anspruch darauf erhebt.«

»Und das wolltet ihr? Das jemand um sein Erbe gebracht wird?« Das war heftig. »Ihr alle wusstet davon und habt mir etwas vorgemacht?«

»Ich habe erst später alle Fakten erfahren, aber ja. Ich habe sie dir nicht gesagt.«

»Cooper dachte, deine Mutter sei die Erbin, dann kamst du und alles wurde komplizierter.«

»Ihr hättet mich doch einfach fragen können.« Immer noch fassungslos sah ich sie an.

»Ja, du hast recht. Ich fühle mich schrecklich deswegen. Cooper ist losgezogen und hat Himmel und Hölle in Bewegung gesetzt, damit deine Frist nicht verstreicht. Wie auch immer, ich kenne mich mit dem Jurakram nicht aus. Aber er hat es geschafft. Das ganze Erbe gehört dir. Das Haus, der Porsche, der *CLUB*, einfach alles.« Das musste ich erst mal verdauen.

»Und nun bist du hier, um zu wissen, wie es mit dem *CLUB* weitergehen kann?«

»Nein, Süße. Ich bin wegen dir hier. Ja, der *CLUB* ist wunderbar, aber Kreativität ist wie Wasser, sie findet ihren Weg. Wir können zur Not etwas Neues aufbauen.«

»Ihr könnt dort bleiben. Ich werde euch nicht im Weg stehen.« Das war das einzige Zugeständnis, das ich im Moment machen konnte. Ich war bereit, das Gebäude jemandem zu überschreiben. Ein Teil von mir konnte sie verstehen. Der *CLUB* war ein besonderer Ort, den es zu bewahren galt. Dennoch wog der Verrat schwer.

»Annie.« Flehend sah sie mich an. Doch ich konnte ihr die Vergebung, die sie sich wünschte, nicht geben, nicht jetzt zumindest.

»Tut mir leid, Ella.«

Zurück in meinem Zimmer brach ich zusammen. Alles war zu viel, alles war falsch. Offensichtlich hatte ich mich nicht nur in Cooper getäuscht, sondern in allen. Der ganze *CLUB*. All diese Menschen, die mich mit offenen Armen willkommen geheißen hatten. Nichts davon war real. Hatte meine Mutter recht, als sie sagte, dass man keinem in diesem Ort trauen konnte? Die Gefühle überschwemmten mich, ertränkten mich. Ich weinte bitterlich, bis ich in einen unruhigen Schlaf fiel.

Mich weckte eine unerträgliche Hitze. Dann kam der Schüttelfrost. Ich harrte aus, gefangen zwischen Wachsein und Schlaf. Konnte nicht klar denken, mir tat alles weh. Ich fühlte den Schmerz in meiner Seele so sehr, wie in meinen Gliedern.

Mein Wasser war aufgebraucht, ich hatte keine Kraft, mir Neues zu holen. Nichts hatte mehr eine Bedeutung. Ich sollte irgendwen benachrichtigen, irgendjemanden. Aber mir fiel keiner ein, den es interessieren würde, wie es mir ging.

Immer wieder dämmerte ich weg, die Sonne war längst aufgegangen, aber ich fand keine Kraft, die Vorhänge zuzuziehen, um ihre hellen, freundlichen Strahlen auszusperren. Es war keiner da, der mir half, aber auch keiner, der mir sagte, was zu tun war. War das Freiheit? Alles war möglich, nichts musste, aber alles konnte passieren. Im Guten wie im Schlechten?

Irgendwann schaffte ich es, eine Tablette einzuwerfen und mir eine Flasche Wasser zu holen. Danach war ich so erschöpft, dass ich wieder einschlief.

Ich träumte von Cooper. Träumte, dass es nichts gab, was uns trennte. Keine Lügen, unterschiedlichen Wohnorte und Gefühle. Es hatte sich so real angefühlt, dass ich nach dem Aufwachen kurz dachte, ich könnte seinen Duft riechen.

Zum ersten Mal öffnete ich den Chatverlauf von ihm und begann seine Nachrichten zu lesen. Er entschuldigte sich, er bat darum, dass ich ans Telefon ging. Er erklärte mir, was ich inzwischen von Ella wusste. Mit keinem Wort erwähnte er, wie er zu mir stand, ob er mich vermisste.

Wollte er nur sein Verhalten entschuldigt wissen oder gab es noch einen anderen Grund. Wenn ich das hier so las, musste ich davon ausgehen, dass Cooper nicht die gleichen Gefühle für mich hatte, wie ich für ihn.

Mein Magen knurrte, aber mir war so übel, dass ich nichts zu mir nehmen wollte. Verrat war eine üble Sache, wie konnten sie nur alle dabei mitmachen?

Ob das im Sinne meiner Granny gewesen wäre?

Ich stand auf, ging mit zittrigen Beinen duschen, besorgte mir eine Kleinigkeit zu essen und bezog mein Bett frisch. Dann war ich so erschöpft, als wäre ich einen Marathon gelaufen.

Da der Tag eh so gut wie vorbei war, packte ich mich wieder ins Bett und nahm meinen Zeichenblock zur Hand. Seit ich wieder hier war, hatte ich nicht einen einzigen Strich gezeichnet. Erst fühlte es sich hölzern an, doch dann stellte sich wieder das vertraute Gefühl ein. Meine Gedanken kamen zur Ruhe, ich war so versunken, dass mir erst nach einer Weile klar wurde, dass ich Grannys Haus, also mein Haus zeichnete. Der Gedanke traf mich. Noch war alles zu frisch und zu emotionsgeladen, dennoch konnte ich mir nicht vorstellen, dass ich das Haus einfach verkaufen könnte. Die Möbel waren noch alle darin, aber ich hatte keine Eile, sie abholen zu lassen. Der Gedanke, diesen Ort zu haben, fühlte sich gut an.

Ein zartes Lächeln schlich sich auf mein Gesicht, als ich Jimmy kurzer Hand auf das Dach malte, mit einem frechen Grinsen im Gesicht.

Das Zeichnen hatte mir gutgetan, auch wenn ich mich noch schwach fühlte. Es war etwas, das ich gerne tat, etwas, das mit dem ganzen Drama nichts zu tun hatte. Erschöpft legte ich meinen Block und den Stift zur Seite und sank zurück auf mein Kissen.

Mitten in der Nacht wachte ich auf. Ruhelos wälzte ich mich eine Weile hin und her. Es fühlte sich an, als hätte ich irgendetwas Wichtiges vergessen, das mir partout nicht mehr einfallen wollte.

Ich stand auf und lief im Zimmer unruhig auf und ab. Es wollte mir nicht einfallen. Irgendwann legte ich mich wieder hin und fiel in einen unruhigen Schlaf, der kaum bis zum Morgengrauen dauerte.

Nachdem ich geduscht hatte, fühlte ich mich besser, auch wenn mir diese Nacht noch in den Knochen steckte. Bei einem Diner in der Nähe besorgte ich mir Donuts und Kaffee. Da ich noch nicht zurück in die Wirklichkeit wollte, ging ich damit zurück in meine Wohnheimzimmer und sorgte für ein bisschen Ordnung. Weder der Kaffee noch die Donuts waren so gut wie im *blue*.

Verdammt.

Hier fand mein Leben statt. Langsam musste ich mich damit abfinden. Frustriert und traurig nahm ich wahllos ein Tagebuch meiner Granny zur Hand.

Cooper ist ein guter Junge. Er ist stur, aber das macht ihn durchsetzungsfähig. Sein großes Herz macht das zu einer guten Sache.

Piet. Ihm gilt mein letzter Gedanke vor dem Einschlafen und der erste nach dem Erwachen. Da gibt es ihn doch, den einen guten Mann auf der Welt und ich habe ihn gefunden. Dankbarkeit empfinde ich dabei, dass er mich in meinen alten Tagen begleitet. Dass er über meine Marotten hinweg lächelt und, dass ich bei seinem Blick, den er nur mir schenkt, ein Flattern in meinem Bauch fühle, wie das junge, törichte Ding, das ich einmal war.

Erst als eine Träne auf das Papier tropfte, bemerkte ich, wie sehr mich diese Worte rührten. Ohne darüber nachzudenken, suchte ich in meinen Kontakten nach der Nummer. Als es klingelte, begann mein Herz schneller zu schlagen. Was, wenn nicht Piet ran ging? Was, wenn Cooper bei ihm wäre. Feige wollte ich schon auflegen, aber da hörte ich Piets Stimme am anderen Ende.

»Hallo Piet, hier ist Annie Miller.«

»Annie? Du wirst hier schmerzlich vermisst.«

»Tut mir leid, dass ich nicht mehr in den Laden gekommen bin. Ich hätte vorher Bescheid sagen sollen. Meine Abreise war etwas …«

»Spontan?«, bot Piet an.

»Ja, das trifft es ganz gut.«

»So ist das manchmal.« Nach einem kurzen Zögern sprach er weiter. »Cooper ist einer von den Guten, und meist ist er sehr clever, auch wenn er das beides gerade nicht unter Beweis gestellt hat.«

Bei seinen Worten wurde mir klar, dass ich Cooper den Verrat nicht länger übelnahm. »Ja, das ist wohl wahr. Er hat einen Weg gesucht, um das zu schützen, was er liebt.«

»Und damit das verloren, was er liebt.«

»Nein, der *CLUB* ist nicht verloren, ich …«

»Annie, ich sprach nicht vom *CLUB*.« Piets Worte zerrten an meinem gebrochenen Herzen.

»Ich kann nicht.« Ich atmete tief ein. »Eigentlich habe ich nicht deswegen angerufen.«

»Okay, eins noch. Du bist hier immer willkommen, ob zum Arbeiten oder als Besuch ist egal. Und nun sag mir, was ich für dich tun kann.«

»Ich, ich habe gerade in einem Tagebuch von Rose gelesen. Darin ging es um dich.« Schweigen am anderen Ende. »Ich dachte, du willst es vielleicht wissen.«

Piet räusperte sich. »Ja. Sehr gerne.«

Nachdem ich den Eintrag vorgelesen hatte, hatte Piet sich bald verabschiedet. Er schien immer noch sehr unter ihrem Tod zu leiden, aber das war nach der kurzen Zeit nicht anders zu erwarten. Dass die beiden erst spät eine solche Liebe erfahren durften, machte mich zum einen traurig, zum anderen zeigte es mir, dass man nie aufgeben durfte. Das Leben hörte erst dann auf, wenn es vorbei war.

Um mein schlechtes Gewissen zu bereinigen, schrieb ich Ella an. Sie hatte mir die Wahrheit gesagt, war extra hierhergefahren und ich hatte sie ziemlich auflaufen lassen.

Annie: Hi Ella, ich hoffe, es geht dir gut. Es tut mir leid, wie ich mich verhalten habe.

Keine Sekunde später klingelte mein Telefon.

»Heißt das, du verzeihst mir?«

»Ja. Du mir auch?«

»Na klar. Aber ... Wie sieht es mit Cooper aus?«

Das war eine große Frage. Ich war nicht mehr sauer wegen der Sache mit dem *CLUB*. Aber ich konnte nicht leugnen, dass meine Gefühle verletzt waren. Ich hatte angenommen, dass ich ihm wichtiger wäre.

»Das ist komplizierter.«

Ella und ich schwiegen einen Moment. Denn es stimmte, es war komplizierter.

»Kommst du zurück?«

»Nein, es hat sich ja nichts geändert. Mein College ist nun mal hier.«

»Und dein Haus ist hier.« Damit hatte Ella natürlich recht.

»Bisher habe ich nicht einmal die Unterlagen gesehen und sagtest du nicht etwas von einer Frist.«

»Stimmt, aber Cooper hat es für dich erledigt. Es ist offiziell dein Haus.«

»Gut, dazu habe ich noch keine Entscheidung getroffen. Aber das mit dem *CLUB* bleibt natürlich so wie ich es gesagt habe. Ihr könnt frei darüber verfügen.«

»Das ist zwar großartig, aber ohne dich fehlt hier einfach etwas.«

»Ich war nur ein paar Tage bei euch.«

»Das stimmt. Trotzdem hast du Cooper in der kurzen Zeit ganz schön den Kopf verdreht.«

»Das glaube ich nicht.«

»Das ändert nichts daran, dass es wahr ist.« Sie schwieg kurz. »Mist, ich muss zu meiner Schicht. Wir hören uns, ja?«

»Natürlich. Mach es gut.«

24

Cooper

»Was machst du hier?« Ella kam auf mich zu. Sie war so aufgebracht, dass ich mich nicht wundern würde, wenn sie gleich wie ein Drache Feuer speien würde.

Darauf nahm ich noch einen großen Schluck aus meiner Bierflasche und versuchte mich halbwegs gerade hinzusetzen.

»Hi Ella.«

»Bist du betrunken?« Sie wollte meine Bierflasche wegziehen, doch ich hielt sie fest. »Lass das. Warum bist du nicht längst in Yale und holst dein Mädel zurück?«

Die Wahrheit würde nie über meine Lippen kommen. Denn dann müsste ich zugeben, dass ich längst in meinem Auto gesessen hatte. Dass ich stundenlang gefahren war, nur um es, am Ziel angekommen, mit der Angst zu tun zu bekommen. Ewig hatte ich Ausschau gehalten, bis ich Annie endlich sah. Sie sah so blass und so verloren aus, dass ich sie am liebsten sofort in den Arm genommen hätte. Aber ich konnte es nicht. Wenn ich sie nun drängte und sie sich gegen mich entschied, dann hätte ich sie für immer verloren.

Wie ein Volltrottel war ich dort geblieben, hatte sie aus der Ferne beobachtet und mir gewünscht, ich könnte die Dinge ändern. Noch einen Verlust konnte ich nicht ertragen. Schon jetzt lag ich nachts schlaflos im Bett und hoffte, dass Annie zu Vernunft kommen würde. Meine Nachrichten hatte sie inzwischen gelesen, aber sie hatte nicht darauf geantwortet.

»Cooper, sprich mit mir.« Ellas Stimme klang nun viel leiser, fast einfühlsam, sie legte mir die Hand auf den Arm. »Warum bist du nicht dort? Warum hast du dich umentschieden?«

»Weil es nicht so einfach ist.«

»Doch. Besinne dich auf deinen inneren Neandertaler, setzt dich in dein Auto und hol sie zurück.«

»Soll er sie etwa einfach über die Schulter werfen?« Aidan schien den Vorschlag amüsant zu finden, auch Ella grinste breit, dann wurde sie wieder ernst. »Ich vermisse sie.«

»Das tue ich auch. Aber Leute, versteht ihr denn nicht?« Frustriert sah ich von Ella zu Aidan.

»Was gibt es da schon zu verstehen? Sie will hier sein. Sie braucht vielleicht nur den letzten Schubser.«

»Nein, du verstehst es nicht, Ella. Es muss ihre freie Entscheidung sein. Einfach, weil sie nie, wirklich niemals bereuen oder auch nur in Frage stellen darf, ob es die richtige Entscheidung war.«

Ella sah mich betrübt an, jetzt verstand sie mein Dilemma.

»Aber was, wenn sie sich für Yale entscheidet?«

Ich warf einen Blick in meine Flasche und trank sie in einem Zug leer. Bier würde heute nicht ausreichen. Bei weitem nicht.

Seit Tagen quälte ich mich. Starrte aus dem Fenster auf das leere Haus und wünschte mir, sie wäre zurück. Ich hatte sogar an ihrem Pulli gerochen, in dem ich die Entenfamilie transportiert hatte. Den hatte ich ihr nie zurückgegeben. Ihr Duft hing nur noch schwach in dem Gewebe, als wäre sie schon viel länger fort.

Weil es so nicht weiter gehen konnte, war ich heute hierhergekommen. Selbstmitleid war was für Looser. Offenbar war ich einer.

Der CLUB lag ruhig da. Heute war keine Veranstaltung. Was ganz gut war. So saß ich einfach hier und trank mein Bier.

»Was, wenn sie sich für Yale entscheidet?«, wiederholte Ella ihre Frage.

»Dann brauche ich wohl jede Menge Alkohol. Stimmts Aidan?«

Er nahm meine Flasche und reichte mir routiniert eine neue.

»Hey Mann, Annie ist echt süß. Du wärst dumm, wenn du sie gehen lässt.«

Ich verzichtete darauf, zu erwähnen, dass sie schon längst gegangen war.

»Ich gebe ihr noch etwas Zeit.«

»Deine Geduld hätte ich nicht, Alter.«

Selbst Aidan, der größte Aufreißer aller Zeiten hatte bemerkt, dass Annie etwas Besonderes war.

»Es ist schon ein wenig verrückt, aber ich mag sie genug, um sie nicht zu drängen.«

Aidan sah von der Zitrone auf, die er grade schnitt.

»Das ist das Dämlichste, was ich je gehört habe, Mann.«

»Aidan, lass ihn. Das hat sogar mein Granitherz ein winziges bisschen erweicht.«

»Und das will schon etwas heißen, Ella.« Die beiden lachten, während ich mich wieder fragte, ob sie wirklich noch Zeit brauchte oder ob ich zu lange wartete. Ob ich einen riesigen Fehler beging.

So wie ich es mich schon eine Million Mal gefragt hatte, seit Annie aus meinem Leben verschwunden war.

25

Annie

»Miss Miller, freut mich, dass Ihre Abwesenheit keinen negativen Einfluss auf Ihre Leistung hatte.« Der Professor lächelte mich an, als ich mir meinen Test vorne bei ihm abholte.

Mühsam zwang ein Lächeln auf mein Gesicht, nahm den Test, ohne das Ergebnis anzusehen und eilte hinaus. Das Lob löste keine echte Freude, ja nicht einmal Erleichterung, in mir aus. Vor kurzem wäre das noch ganz anders gewesen. Meine Wangen hätten sich rotgefärbt und ich hätte stolz meiner Mutter davon berichtet. Niedergeschlagenheit zupfte an mir. Wollte mich wieder in den Abgrund der endlosen Traurigkeit zurückzerren.

Nur noch kurz musste ich durchhalten. Am besten rief ich gleich meine Mutter an, damit ich zurück im Wohnheim mit niemanden mehr reden musste. Jeden Tag hoffte ich, dass meine Mitbewohnerin nicht auftauchen würde. Bisher hatte ich Glück gehabt.

Zwar weinte ich nicht mehr so viel, wie in den ersten Tagen nach meiner Rückkehr, trotzdem wollte ich einfach nur meine Ruhe haben.

Immerhin hatte ich mich mit Ella vertragen. Das war ein Lichtblick. Es war verrückt, wie wichtig mir diese Leute in den paar Tagen geworden waren. Selbst Jimmy vermisste ich, seine Schritte auf dem Dach waren zu einem vertrauten Geräusch geworden. Der ganze Ort hatte es mir angetan. Und ich vermisste Cooper. Aber eben nicht nur. Auch Ella und das Café. Das Haus und auch Piet mit samt seinem zauberhaften Laden. Die Ruhe, die der See mir gab, genauso wie der *CLUB* und all die Leute dort, die ihn zu etwas Besonderem machten. Und Cooper. Natürlich Cooper. Immer wieder Cooper.

Meine Augen brannten, ich schluckte den Klos in meinem Hals hinunter und rief meine Mutter an, um ihr von dem Ergebnis zu berichten.

Nach kurzem Klingeln ging sie ran.

»Annie, meldest du dich auch mal wieder? Fass dich kurz, ich habe zu tun.«

Ich entschuldigte mich für die Störung und bereute es, überhaupt angerufen zu haben. Dennoch erzählte ich ihr von dem Testergebnis.

»Wenigstens das. Streng dich noch mehr an, damit du die verlorene Zeit schnell aufholst.« Ihre Reaktion, war für sie nicht ungewöhnlich, dennoch fühlte sie sich an, wie ein Schlag ins Gesicht. Was hatte ich erwartet? Etwa ein Lob? Ich war so erbärmlich.

Stattdessen sprach sie von verlorener Zeit. Alles in mir wehrte sich gegen diese Beschreibung. Wie konnte die Zeit in Weeping Willow Creek verloren sein? Ich hatte dort seit Langem wieder gelacht und ich hatte so viel gelernt. Über meine Familie, über das Leben, über die Menschen …

»Annie, bist du noch dran?« Die Worte meiner Mutter hörte ich kaum. Zu sehr lenkte mich die plötzliche Unruhe in mir ab. Es war mehr ein Gefühl oder eine Gewissheit, als dass ich es mit Worten beschreiben konnte.

»Ich muss los.« Als ich zum Wohnheim eilte, versuchte ich zu begreifen, was mein Herz gerade begriffen hatte. Mein Verstand konnte den Aufruhr in mir nicht verstehen.

Ich hastete die Treppen hoch, rannte fast den Gang entlang und riss die Tür auf. Fast wäre ich gegen meine Mitbewohnerin Judy gerannt.

Mist. Dabei brauchte ich doch genau jetzt Zeit für mich, zum Nachdenken, zum Begreifen, zum … was auch immer.

»Annie. Wo warst du neulich so lange?«, fragte sie und musterte mich von oben bis unten.

»Es gab einen Todesfall in der Familie.« Das klang viel zu sachlich und viel zu einfach, dafür, dass es sich so kompliziert anfühlte.

»Ah und ich dachte schon du hättest jemanden kennengelernt.« Judy lachte affektiert auf. »Aber klar, bei dir gibt es ja nur das Studium und das ewige Lernen.«

Coopers Gesicht tauchte vor meinem Inneren auf. Klar hätte ich nun kontern können, dass ich jemanden kennengelernt hatte. Aber das ging sie nichts an.

»Was ist schlecht daran zu lernen?«, fragte ich stattdessen.

»Nichts. Okay, doch. Es ist langweilig. Du bist langweilig.«

»Und einem Typen hinterherzurennen ist dagegen so spannend?«

»Du tust mir leid. Du bist so klug, aber du verstehst es nicht. Wahre Liebe würdest du nicht einmal erkennen, wenn sie plötzlich an deine Tür klopft.«

An die Tür klopft.

Verschwendete Zeit.

Wahre Liebe.

Als die Worte wir Puzzleteile an ihren Platz fielen, war ich eine Sekunde wie erstarrt. Ich war ein Trottel.

Schnell stoppte ich meine Gedanken, bevor ich sie zu Ende gedacht hatte. Coopers Gesicht erschien wieder vor meinem inneren Auge. Fast hörte ich das Klicken der Rädchen in meinem Kopf, als nun endlich auch meinem Verstand klar wurde, dass ich einen schlimmen Fehler gemacht hatte.

Wie hatte ich nur so falschliegen können? Und was viel wichtiger war, konnte ich es wieder in Ordnung bringen?

»Annie, alles okay bei dir?«

Judy sah mich beunruhigt an.

»Bei mir ist alles okay. Und du hast recht. Mit allem. Kannst du mir helfen?«

»Helfen? Bei was?« Ihr Misstrauen war nur zu deutlich, doch das war mir egal.

»Ich muss los.« Denn ich musste los, so schnell wie möglich. Ich musste los und hoffen, dass Weeping Willow Creek noch einen Platz für mich bereithielt.

Als der Feigling, der ich war, hatte ich nicht vorher angerufen. Auch hatte ich niemandem eine Nachricht geschickt. Ich hatte einfach mit Hilfe der verdatterten Judy meine Sachen gepackt und war losgefahren. Nun stand ich völlig neben mir und konnte nur hoffen, dass ich keinen Unfall bauen würde.

Mein Herz schlug bis zu Hals. Ich wusste, dass das die richtige Entscheidung war. Trotzdem wusste ich nicht, wie man mich aufnehmen würde. Wie würde Cooper reagieren? Und Piet, würde er mir wirklich meinen Job wieder geben, bis ich mir einen Plan zurechtgelegt habe, wie ich beruflich weiter machen wollte.

Ella war mein Lichtblick.

Aber was war mit Mom? Sie würde mich zweifellos nicht mehr unterstützen. Das machte es etwas schwieriger. Andererseits war ihre Unterstützung nur finanzieller Natur gewesen. Im besten Fall hatte ich bald meine Freunde als emotionale Unterstützung, wenn ich jemandem brauchte, der zu mir stand. Auf Ella konnte ich mich bestimmt verlassen. Ich konnte nur hoffen, dass Cooper mir verzeihen würde.

Mit klopfendem Herzen bog ich in unsere Straße ab. Was, wenn Cooper gar nicht da wäre? Sollte ich warten oder zu Piet gehen? War er im *CLUB*?

All diese sinnlosen Gedanken wirbelten durch meinen Kopf. Fast hatte ich das Gefühl, keine Luft mehr zu bekommen.

Doch all die Sorge war umsonst, kaum dass ich in unsere Straße einbog, da sah ich Cooper vor seinem Haus. Ohne nachzudenken, trat ich auf die Bremse. Kaum hielt der Wagen an, sprang ich heraus und lief auf ihn zu.

»Cooper …«

Er erstarrte mitten in der Bewegung. Seine Augen spiegelten so viele unterschiedliche Gefühlte, dass ich schluckte. War das hier ein Fehler?

Cooper sagte immer noch nichts. War es zu spät? Zitternd atmete ich ein. Es gab nur einen Weg herauszufinden, was er dachte.

»Du hast mir gesagt, wenn ich fahre, werde ich nicht nach zwei oder drei Tagen zurückkommen. Und du hattest recht.« Ich bemühte mich um ein Lächeln. »Es hat länger gedauert.«

»7 Tage, 9 Stunden und die Minuten weiß ich nicht so genau.«

Ein undefinierbares Geräusch entwich mir, es klang wie ein Lachen und ein Schluchzen zugleich. Schnell riss ich mich zusammen.

»Jetzt bin ich da«, versicherte ich Cooper.

»Bist du das wirklich?«

»Sieh mich an, ich bin hier.« Fast flehend sah ich ihn an.

»Für wie lange dieses Mal?« Die Frage stach mitten in mein Herz, aber ich konnte sie ihm nicht verdenken. Schließlich hatte ich ihn einfach zurückgelassen.

»Siehst du meinen Wagen da hinten?«

Cooper nickte, als er mein Auto schräg mitten auf der Straße parken sah. Ich hatte nicht einmal die Tür geschlossen. Sperrangelweit offen stand sie, wie die Tür zu meinem Herzen für Cooper.

»In diesem Auto ist mein ganzes Leben.«

»Bist du dir sicher, dass es das ist, was du wirklich willst?«

Eilig nickte ich.

»Von ganzem Herzen.«

Forschend sah er mich an.

»Hast du keine Zweifel mehr, ob du dich hier wohlfühlen wirst?«

»Hatte ich nie. Es war nur Angst. Eine sinnlose, geradezu lächerliche Angst.«

»Und nun hast du keine mehr?«

»Mir hat mal einer gesagt, man sollte öfter Dinge tun, vor denen man Angst hat.«

»Ein kluger Rat und was willst du nun von mir?« Sein Ton klang ernst, aber als sich sein Mundwinkel minimal hob, wusste ich endlich, dass ich noch eine Chance bekam.

»Für´s erste könnten wir einen Kaffee trinken gehen, im *blue* ... oder auf dem Dach. Deine Entscheidung.«

»Auf dem Dach? Wie könnte ich da widerstehen?« Endlich erreichte das Lächeln seine Augen. Erleichtert atmete ich aus. Cooper streckte mir seine Hand entgegen. Zögernd nahm ich sie in meine. Mit einem Ruck zog Cooper mich in seine Arme. Sein Duft und seine Wärme hüllten mich ein und endlich hatte ich das Gefühl, dass ich genau da war, wo ich sein sollte. Vielleicht zum ersten Mal in meinem Leben.

Unsere Lippen trafen sich. Es war, als würde ich schweben. Alles Schwere, alle Last fiel von mir ab. Mein Herz schlug endlich wieder am richtigen Fleck. Auch wenn Cooper es nicht aussprach, ich wusste, dass es ihm genauso ging. Viel zu schnell ging der Kuss zu Ende. Cooper hielt mich schwer atmend in seinen Armen, strich mir eine Haarsträhne hinters Ohr und sah mich mit diesem speziellen Blick an, der meine Beine weich werden ließ.

»Willkommen daheim, Großstadtmädchen.«

Epilog

Zwei Monate später

Annie

Im *antiques* war es um diese Uhrzeit meist ruhig, daher konnte ich gut für meinen Collegevorbereitungskurs lernen. Im Herbst würde ich mit meinem BWL-Studium beginnen. Es war ein kleines College hier in der Nähe. Auch wenn es kein Elitecollege war, hatte es einen guten Ruf.

Nach meinem Abschluss würde ich den Laden von Piet übernehmen. Da seine neue Therapie gut anschlug, gab es einen Funken Hoffnung, dass er wieder gesund wurde. Dennoch freute er sich darauf, es in ein paar Jahren etwas langsamer angehen zu lassen.

Als die Glocke, an der Ladentür klingelte, sah ich auf. Cooper strahlte mich an. Auch er würde im Herbst wieder anfangen zu studieren.

Inzwischen waren wir eines dieser kitschigen Paare, die keiner leiden konnte. Ständig gab es diese verliebten Blicke, die winzigen Berührungen, als wollten wir uns versichern, dass der andere tatsächlich da war. Nach dem ganzen Drama waren wir einfach froh, dass wir beide doch noch zueinandergefunden hatten. Zum Glück waren unsere Freunde nachsichtig mit uns, denn wir konnten einfach nicht anders.

Das einzige Thema, bei dem wir uns nicht einig waren, war die Frage, in welchem Haus wir zukünftig gemeinsam wohnen wollten. Seines war etwas größer, hatte mehr Zimmer, aber meines war nun mal Familienbesitz und mal ehrlich, wer brauchte so viel Platz?

Roses Tagebücher begleiteten mich immer noch. Durch sie lernte ich meine Granny immer besser kennen und manchmal, wenn ich zeichnete, hatte ich fast das Gefühl, sie würde mir lächelnd über die Schulter schauen.

Meine Bilder malte ich weiterhin nur für mich, zumindest fast. Ab und an verkaufte ich eine Zeichnung im Internet. Ganz selten zeichnete ich einen Raben und spendete den Erlös an eine Stiftung zur Forschung und Behandlung von Depressionen.

Am allerliebsten malte ich momentan jedoch Waschbären. Ich musste zugeben, Jimmy hatte mein Herz erobert. Genau wie Madame. Nur Keating tat sich weiter schwer mit mir. In seiner Sommervoliere in Piets Garten ließ er es sich dennoch ganz gut gehen.

Der Kontakt zu meiner Mutter war angespannt. Sie hatte wie erwartet nicht gut auf meine Entscheidung, hier zu wohnen reagiert. Immerhin war der Kontakt nicht ganz abgebrochen. Vermutlich würde sie nie verstehen, weshalb ich Yale sausen ließ, aber sie hatte ihren Weg gefunden, es mir nicht mehr ständig vorzuhalten. Alles andere würde wohl nur die Zeit zeigen.

Cooper küsste mich zur Begrüßung, natürlich hatte er bei dem schönen Wetter den Porsche genommen. Damit unternahmen wir regelmäßig Spritztouren, um zu picknicken und die Umgebung zu erkunden.

»Bist du bereit für Ellas Theaterstück?«

»Klar, ich bin schon super gespannt.«

»Dein Plakat hat sicher eine Menge Leute angezogen.«

»Wer weiß? Das Stück ist sicher toll geworden.« Nach den vielen Proben, die Ella in den letzten Wochen hatte, war ich gespannt, wie sich das Stück entwickelt hatte. Eilig packte ich meine Sachen ein und lächelte Cooper unbeschwert an.

»Bestimmt wird es unvergesslich.«

Liebe Lesebegeisterte,

das war nun der erste Teil meiner Feelings-Reihe.
An dieser Stelle möchte ich mich zuerst nochmal bei Julia, für das sehr spontane Testlesen und das wertvolle Feedback bedanken. Du hast meine ewigen Zweifel zerstreut und dafür kann ich dir nicht genug danken.
Das war sie nun, die Geschichte von Annie und Cooper. Und von einem Waschbären und einem Haus. Von einem zauberhaften Ort. Ich mag Weeping Willow Creek so sehr, weil der Ort für jeden einen Platz bietet, der sich dort wohl fühlt.
So wie Rose es tat, als sie endlich einen Ort gefunden hatte, an dem sie bleiben wollte. Und nun Annie, aber auch Cooper, Ella und Piet.
Die Grundidee für diese Geschichte trage ich schon seit vielen Jahren in mir. Vermutlich musste ich erst noch die ein oder andere Erfahrung im Leben machen, um sie schreiben zu können. Sie wurde ganz anders, als ich es erwartet hatte, ruhiger und doch auch lebendiger. In diesem Buch ist sehr viel Persönliches verwoben.
Aus dem Grund hoffe ich, noch mehr als sonst, dass sie euch begeistert hat. Wenn ja, könnt ihr im Anschluss gleich noch die Leseprobe zu Feelings in the Spotlight lesen. Ellas Geschichte will schließlich auch erzählt werden.

Wenn ihr schöne Lesestunden hattet, freue ich mich über eure Sterne-Bewertung oder eine Rezension.

Habt eine schöne Zeit und seid mutig.
Eure Lia

PS: Außerdem danke ich Marie Graßhoff dafür, dass sie Ella das Zitat » (…) man kann versuchen, jeden Tag ein bisschen weniger Scheiße zu sein« geliehen hat. In diesem Satz ist eine tiefe Wahrheit verborgen.

Leseprobe Feelings in the Spotlight

Prolog

2 Jahre zuvor

Ella

Dicht eilte ich an den Hauswänden vorbei und versuchte dabei, dem Regen so gut es ging zu entkommen. Der Geruch des Schauers, auf dem von der Sonne erhitzen Boden war wunderbar. Doch ich hasste es, nass zu werden. Der Wetterbericht hatte nur Sonnenschein versprochen. Gleich hatte ich die Ecke erreicht und musste über den freien Platz rennen. Vermutlich würde der Regen genau dann zu einem Wolkenbruch ausarten, wenn ich die Mitte erreicht hatte.

Nur noch wenige Meter, ich versuchte, mich innerlich schon für meinen Sprint zu wappnen. Sollte ich warten, bis der Regen nachließ? Den Gedanken verwarf ich sofort wieder, schließlich wollte ich endlich nach Hause. Nichts wollte ich mehr, als mich mit einer Tasse heißer Schokolade und meinem aktuellen Liebesroman in mein Bett zu kuscheln.

Tief sog ich die Luft in meine Lungen und rannte los. Verdammt war das nass.

»Hier.« Überrascht sah ich den Kerl an, der mir einen Regenschirm über den Kopf hielt. Dass er nun klitschnass wurde, schien ihn nicht im Geringsten zu stören.

»Nun nimm ihn schon.« Weiter hielt er mir den Griff hin.

»Aber warum?« Meine Frage war nicht sehr eloquent, doch mehr brachte ich nicht über die Lippen.

»Na weil du sonst nass wirst«, lachend drückte er mir den Schirm in die Hand und rannte mitten auf den Platz, er streckte die Arme in den nassen Himmel und drehte sich im Kreis. Dann sah er wieder zu mir, ich stand wie versteinert da und sah diesen unverschämt attraktiven und inzwischen klitschnassen Kerl an. Er verbeugte sich, als sei er ein Theaterschauspieler am Ende des Stückes, zwinkerte mir zu und lief gutgelaunt davon.

Es war so absurd, dass ich einfach nur dastand und ihm hinterher sah. Immerhin wurde ich nicht mehr nass.

Zwei Tage später

Heute war es wieder schrecklich langweilig in der Vorlesung gewesen. Ich mochte das College, ich mochte die Leute, ich mochte die Partys. Wenn ich nicht immer noch bei meinen Eltern wohnen würde, wäre es noch etwas cooler. Was aber richtig nervte, waren diese ganzen Vorlesungen. Einfach schrecklich.

Mühsam trug ich den Bücherstapel in Richtung Kasse. Es waren mehr als geplant, aber diese Bücher voller Gefühle und Kitsch waren mein Ausgleich. Wenn meine Eltern sich stritten, wenn die Nachbarinnen zum Tratschen kamen, wenn der Tag mies verlaufen war.

»Hey Schönheit.«

Genervt lugte ich um den Bücherstapel herum und wollte den Typen schon abwimmeln, als ich sah, wer es war. Der Typ mit dem Regenschirm oder besser ohne Regenschirm, denn den hatte ja nun ich. Seit unserer ungewöhnlichen Begegnung musste ich immer wieder an den Kerl denken. Wäre er in einem meiner Bücher vorgekommen, wäre er wohl ein toller Bookboyfriend gewesen.

»Hi.«

»So trocken hätte ich dich fast nicht erkannt.«

»Dank dir wurde ich nur ein bisschen feucht.«

Meine Worte trafen auf sein Gesicht, seine Mundwinkel hoben sich. Genau in dem Moment fingen meine Ohren an, rot zu glühen.

»Das ist gut zu wissen.« Seine Stimme hatte einen tiefen sexy Klang angenommen und ich wusste, ich wäre verloren, wenn das Gespräch in diese Richtung weiter ging.

»Verschenkst du öfter mal einen Regenschirm?«

»Wie heißt du?«

»Ella.«

Ohne Vorwarnung nahm er mir den Bücherstapel ab und stellte ihn auf den nächsten Büchertisch.

»So ist es besser. Schön, dich wieder zu sehen, Ella. Ich bin Logan.«

»Hi Logan.«

Er schenkte mir ein unglaubliches Lächeln. »Um auf deine Frage zurückzukommen, ich verschenke Regenschirme üblicherweise nicht. Es muss Schicksal gewesen sein. Die liebe Ella hat nun meinen Umbrella.«

»Du hast einen Knall, Logan.«

»Knapp daneben. Ich bin der Knaller. So muss es eigentlich heißen.«

»Und das soll ich dir glauben?«

»Nein, natürlich nicht.« Er machte eine bedeutungsschwere Pause. »Überzeuge dich selbst. Geh mit mir aus.

1

Ella

Summend wischte ich über die Theke im *blue*. Meinen Job in dem Café meiner Tante Meredith mochte ich, weil ich ständig Leute um mich hatte. Irgendjemand war immer da und erzählte mir das Neuste aus der Gerüchteküche in Weeping Willow Creek oder einfach, was der Alltag gerade so hergab.

Eben kam Felix herein und begrüßte mich mit seinem strahlenden Lächeln. Das Tanktop spannte über seiner muskulösen Brust.

»Hi, Ella.«

Ich nahm den Lunchbeutel aus dem Warmhaltefach und stellte ihn auf den Tresen vor mir.

»Hi, hier ist auch schon deine Bestellung. Wie geht es dir?«

»Danke, mir geht es immer gut, besonders wenn ich dich sehe.«

Lachend warf ich ihm eine Kusshand zu.

»Bist du schon aufgeregt, wegen deines Auftritts nachher?«

»Nein. Okay, ein bisschen. Kommst du vorbei?«

»Na klar, das lass ich mir nicht entgehen, vielleicht können wir hinterher noch was zusammen trinken.«

»Ganz bestimmt.«

Der Abend schien vielversprechend zu werden. Mit Felix konnte man sicher ein bisschen unverbindlichen Spaß haben. Vielleicht schon heute Abend.

Lächelnd sah ich ihm durch die große Glasfront nach.

»Dann kommst du heute nicht nach Hause?« Meredith stand mit in den Hüften gestützten Händen da und sah mich gleichzeitig tadelnd und amüsiert an. Eigentlich hatte sie gar nichts dagegen, dass ich mein Leben genoss, auch wenn sie mich manchmal damit aufzog.

Nun hatte mich die Nervosität doch gepackt. Lampenfieber. Dabei freute ich mich so darauf, das Stück mit ein paar coolen Leuten aufzuführen.

»Bist du bereit?«, meine beste Freundin Annie hatte ihren Kopf zur Tür hereingestreckt.

Ein zuversichtliches Lächeln wollte mir nicht gelingen. Dabei war ich doch sonst so gechillt.

»Hey, bist du etwa nervös?«

»Ich niemals«, meine Stimme klang viel zu hoch.

Annie tätschelte meinen Arm.

»Das wird schon. Sobald du da draußen bis, wird alles perfekt laufen.«

Perfekt musste es gar nicht sein. Wir waren alle keine Schauspieler, wir hatten aus einer Tequilalaune heraus beschlossen, ein Stück aufzuführen und es hatte echt Spaß gemacht.

Das Stück zu schreiben, Kostüme, das Bühnenbild. Jeder konnte sich einbringen, wie es passte. Genau deshalb liebte ich den CLUB so sehr. Hier war es nie langweilig, hier pulsierte das Leben und ich war ein Teil davon.

»Es sind echt viele Leute da. Einige Gesichter habe ich noch nie gesehen.«

»Danke Annie, das beruhigt mich ungemein.«

Ein Klingeln ertönte. Es war Zeit, in Richtung Bühne zu gehen.

»Na komm schon. Das wird dir Spaß machen.«

»Ja, du hast recht. Es geht um Spaß. Was soll schon schief gehen.«

Und dann ging es schief. Verfluchte Kängurukacke.

Und wie es schief ging.

Annie war wieder vor die Bühne gegangen, während ich mich dahinter mit den Leuten aus der Theatergruppe versammelte. Zuerst lief alles wunderbar. Die Zuschauer lachten an den richtigen Stellen, keiner vergaß den Text. Alle standen am richtigen Ort. Auch meine erste Szene lief glatt. Das Adrenalin rauschte durch meinen Körper und ich verstand, weshalb manche süchtig nach diesem Gefühl wurden. Die grellen Scheinwerfer halfen dabei, sich nicht von den Zuschauern ablenken zu lassen. Annie hatte recht, es war alles perfekt.

Schnell nahm ich einen großen Schluck Wasser, bevor ich für die nächste Szene wieder auf die Bühne trat. Auch der Knall, als die schwere Eingangstür zuschlug, brachte mich nicht aus dem Konzept. Ich blieb in der Rolle der schnippischen Bürgermeistertochter und stakste auf High Heels souverän über die Bühne. Nun kam mein großer Auftritt, in dem ich mich zutiefst gekränkt direkt an das Publikum wenden sollte. Das Licht wurde abgeblendet. Meine Position vorne in der Mitte der Bühne hatte ich mit gesenktem Blick eingenommen. Ein einzelner Scheinwerfer ging an und erleuchtete mich.

Wie vorgesehen hob ich den Blick. Doch statt meinen theatralischen Text aufzusagen, erstarrte ich. Denn ich sah ein Gespenst. Eines aus der Vergangenheit, das nicht hier sein sollte. Mein Blick fiel auf seinen und plötzlich hörte alles andere auf zu existieren. Das Stück verlor jede Bedeutung, die Theatergruppe war schnuppe, die Zuschauer schlichtweg nicht existent. Da stand er, eine Verwechslung war ausgeschlossen. Mein Herz schwoll bei seinem Anblick an, mein Gehirn konnte keinen klaren Gedanken mehr fassen. Als sich seine Mundwinkel zu einem trägen Lächeln anhoben, setzte mein Überlebensinstinkt ein und ich floh. Lief von der Bühne, zur Hintertür hinaus. Ohne nachzudenken, zog ich meine High Heels aus, um schneller rennen zu kommen. Ohne es eine Sekunde zu bedauern, ließ ich sie einfach liegen. Schneller von ihm wegzukommen, war das Einzige, was zählte. Ich musste weg, bevor er mich dieses Mal komplett zerstören würde.

Logan. Auch bekannt als Logan T. Newman aufstrebender Rockmusiker, der fast mein ganzes Leben in Trümmer gelegt hatte. Vor nicht einmal zwei Jahren war er wir ein Tornado in mein Leben getreten, hatte alles durcheinandergewirbelt und war dann weitergezogen. Er ließ mich mit den Trümmern zurück. Hätte Meredith mich nicht nach Weeping Willow Creek geholt, wer wusste schon, ob ich mich je erholt hätte.

Und nun war er hier. Genauso sexy, genauso berauschend, genauso gefährlich für mein Herz.

-Ende der Leseprobe-

Feelings in the Spotlight erscheint im Herbst 2021
Feelings on the Ferris Wheel erscheint im Winter 2021

Über die Autorin
Lia Belle Jones

Bild Privat

Wenn die Autorin nicht gerade schreibt, liest oder Zeit mit ihrer Familie genießt, widmet sie sich ihrer anderen Leidenschaft, der Fotografie. Sie hat eine kleine Sammlung alter Kameras, fotografiert jedoch auch selbst und hatte bereits mehrere kleinere kleine Ausstellungen.

www.instagram.com/liabellejones
www.facebook.com/liabellejones